广西壮族自治区党委宣传部
当代文学艺术创作工程扶持项目

中国故事
原创文学丛书

圣堂之约

杨映川 —— 著

漓江出版社

图书在版编目（C I P）数据

圣堂之约 / 杨映川著 . — 2 版 . — 桂林：漓江出版社，2020.5

（中国故事原创文学丛书）

ISBN 978-7-5407-8849-0

Ⅰ. ①圣… Ⅱ. ①杨… Ⅲ. ①长篇小说—中国—当代 Ⅳ. ① I247.5

中国版本图书馆 CIP 数据核字 (2020) 第 010436 号

SHENGTANG ZHI YUE

圣堂之约

杨映川　著

出版人：刘迪才

丛书策划：张谦

责任编辑：谢青芸

版式设计：石绍康

责任监印：张璐

漓江出版社有限公司出版发行

广西桂林市南环路 22 号　邮政编码：541002

发行电话：010-85893190　0773-2583322

传真：010-85890870-814　0773-2582200

邮购热线：0773-2583322

电子邮箱：ljcbs@163.com

微信公众号：lijiangpress

印制：香河县闻泰印刷包装有限公司

［河北省廊坊市香河县安平镇二街　邮政编码：065402］

开本：690mm × 960mm　1/16

印张：13　字数：120 千字

版次：2020 年 5 月第 2 版

印次：2020 年 5 月第 1 次印刷

书号：ISBN 978-7-5407-8849-0

定价：38.00 元

序

黄伟林

了解费孝通生平的人，阅读长篇小说《圣堂之约》，很容易发现小说讲述的是费孝通的故事。

1935 年，中国学术界发生了一个重大事件，费孝通与他的新婚妻子王同惠在瑶山社会调查中遇难，两人一死一伤。

我愿意不吝篇幅地引述冰心的丈夫、费孝通夫妇的老师吴文藻在事件发生不到半年的时间里对这段史实的叙述，以方便读者对映川这部小说的背景有一个较为真切的了解。

> 1935 年 8 月，她（即王同惠）和费孝通由志同道合的同学，进而结为终身同工的伴侣。我们都为他们欢喜，以为这种婚姻，最理想，最美满。他们在蜜月中便应广西省政府的特约出发去研究“特种民族”。行前我们有过多次谈话，大家都是很热烈，很兴奋。我们都认为要充分了解中国，必须研究中国全部，包括许多非汉族在内，如能从非汉族的社会生活上先下手研究，则回到汉族本部时，必可有较客观的观点，同时这种国内不同

的社区类型的比较，于了解民族文化上有极大的用处，我们互相珍重勉励着便分手了。行后常常得到他们的《桂行通讯》和报告，字里行间充满了快乐、勇敢、新颖、惊奇的印象，读完了总使我兴奋。社会人类学在中国还是一门正在萌芽的学问，一向没有引起国内学者的注意。我自己数年来在悄悄地埋头研究，常有独学无友、孤陋寡闻之感。这一对“能说能做”的小夫妻，真鼓起了我不少勇气。

他们是9月18日到广西的南宁，当即开始和省政府接洽研究方案，并且就在当地测量特种民族教育师资训练所的苗瑶学生的体质。“双十节”到了象县，又进行人体测量工作，18日开始入大藤瑶山。因为社区研究需要较长时期住定的实地观察，而体质测量又不能不到各村去就地工作，所以由王桑、过门头，到六巷之后，同惠就住下专门担任社会组织的研究，而孝通则分访各村从事测量工作。11月24日他们离开花蓝瑶区域到坳瑶区域的古陈。本来，依他们的计划在坳瑶工作一月，可以到金秀的茶山瑶区域，预计到翌年2月可以把大藤瑶山的长毛瑶研究完毕。此后同惠便回到北平，继续在燕京大学做研究工作。谁料竟在12月由古陈赴罗运的道上发生了惨剧。

由古陈至罗运的一段山路，极其曲折险峻，而和他们同行的向导，又先行不候，以致他们走迷了路，误入一带竹林之中。林中阴黑，他们摸索着走近一片竹篱，有一似门的设备。以为是已到了近村，孝通入内探身视察，不料那是一个瑶人设下的虎阱！机关一踏，木石齐下，把孝通压住。在万千惊乱之中，同惠奋不顾身地把石块逐一移开，但孝通足部都已受重伤，不能起立。同惠又赶紧出林呼援。临行她还再三地安慰孝通，便

> 匆匆地走了。她从此一去不返，孝通独自在荒林寒夜中痛苦战栗地过了一夜。次日天刚破晓，便忍痛向外爬行，到薄暮时分，才遇见瑶人，负返邻村。孝通一面住下，一面恳请瑶人四处搜寻，到第七天才在急流的山涧中，发现了同惠的遗体。她已为工作牺牲了，距她与孝通结婚之期才 108 日。

对照吴文藻的这段记录和映川小说的叙述，可以发现，费孝通与王同惠就是《圣堂之约》的主人公杜孝和与王知微的原型。

就像费孝通与王同惠一样，长篇小说《圣堂之约》中的清华大学研究院研究生杜孝和与燕京大学本科生王知微婚礼后不久就开始了广西大瑶山瑶族调查的旅程，他们经无锡、上海、香港、广东，辗转到达南宁，正是 1935 年 9 月 18 日，他们看到了久违的民众团体在街上游行的景象。杜孝和夫妇从南宁到柳州，抵象县，进瑶山，这仍然是费孝通夫妇当年的路线。在瑶山，杜孝和与王知微展开了以瑶族为对象的人类学与社会学调查。

在丰富、有趣又不乏惊险的瑶山调查过程的精彩叙述之后，小说写到大约还有一个多星期就可以将资料收集完毕了。杜孝和与王知微从王巷村去三河村，途中，向导走到了前面，杜孝和与王知微迷了路，杜孝和不小心触动了瑶民设计的虎阱，腰腿重伤。王知微在找人营救的途中，落入山涧，溺水身亡。第二天，杜孝和得到瑶民的救助。第七天，瑶民在山涧发现了王知微的尸体。

显而易见，杜孝和、王知微这次瑶山调查的结局，亦与费孝通、王同惠瑶山调查的结局完全相同。

那么，《圣堂之约》是不是一部非虚构文本，非也；或者，《圣堂之约》是不是一部历史小说，亦非也。

在我看来，尽管是以真实的人物、真实的事件、真实的起因和结局为题材，《圣堂之约》仍然是一部纯粹的小说。你可以从中索解历史的真实，你也可以保持对历史的一无所知，将其作为一部引人入胜的小说阅读。因为，映川不过是借了费孝通、王同惠瑶山调查事件的外壳，书写了一段民国时期瑶山瑶民的心灵史。这里，实际上涉及历史与小说的分野。如果说历史是人事史，那么，小说则是人心史。

我读到不少有关费孝通瑶山调查事件的历史书写，这些书写关注的多是费孝通、王同惠的人生际遇和命运传奇，但历史书写是有边界的，它们无法深入人物的内心。因为内心的真实与否既不能证实也无法证伪，因而无法成为历史书写的对象。文学书写显然比历史书写有更大的自由，它突破了历史书写的屏障，将我们引向了人物的心灵世界。

由是，我们在《圣堂之约》中看到了许多相关历史书写看不到的那一面。

不妨说一下小说中的一个重要人物蓝美凤。这是一位瑶族姑娘，王巷村村长蓝朝堂的女儿，十七岁，比王知微小五岁。王知微刚进王巷村的时候，就看见了蓝美凤，小说是这样写的：

> 在人群中，一个穿着和其他姑娘没有太多区别的姑娘把王知微的眼睛闪亮了，她没办法不看到她。姑娘的皮肤并不白皙，眼睛也不十分大，举手投足、一颦一笑却灵动得让王知微暗暗赞叹，只有这与世隔绝的山间才能生长出如此出尘脱俗的美人，对了，用空谷幽兰这个词来形容最合适。王知微心里笑自己，如果自己是一个男人，眼下早已失态，落在他人眼里是如假包换的一个登徒子。

这是王知微心目中的蓝美凤。那么，我们且看看在瑶民心目中的杜孝和与王知微又是怎样的形象。

自从杜孝和和王知微进入王巷村，每天傍晚村子里就多了一景。他俩晚饭过后，会手牵手，在村子里边慢悠悠地散步，一路走一路与村里人打招呼，闲聊几句家常，逗弄逗弄孩子。一男一女手牵手，这在村子里是前所未有的，这一对外来人做得坦坦荡荡，自自然然，有些人见了会不好意思而装作看不到，但瑶人大多心思单纯，不少人能当着他们的面哈哈笑出声来。孩子们干脆就学他俩的样子，前前后后围着他们跑动嬉戏。

村里的小路不好走，凡凹凸处、水洼处，杜孝和都会先快走小半步，然后回头牵引王知微。王知微弯腰逗弄那些孩子时，杜孝和的手轻轻抚着她的头发，仿佛他抚着的也是一个孩子。

如果说这还属于相对客观写实的叙述，接下来我们看蓝美凤的心理。

对于蓝美凤，这些情景展现给她另外一个世界——原来夫妻之间竟然可以如此恩爱！一个男人对女人好不在于他给她说多少情话，给她买多少衣物，而在于是不是随时随地地将她放在心上。蓝美凤见过杜先生给知微姐剥红薯皮，一点一点地，剥得干干净净；她看到他们夫妻一个烧火、一个洗米，一个炒菜、一个盛饭；她看到他们走累了山路，杜先生会替知微姐脱鞋子按摩脚……

如果没有杜孝和和王知微的到来，蓝美凤可能一直不明白自己为什么就是不那么情愿嫁给赵果敢。现在她找到答案了，原来，她只是希望能像王知微那样被一个男人放在心头，融进心里。这时蓝美凤心里便有一丝淡淡的忧伤，她想命运是不可以改变的，她这辈子都不可能遇上这样一个男人了。像她这样生长在大山里的女人，一生系在男人身上，像她阿妈，像她秀妹嫂。赵果敢虽然喜欢她，但她知道，他和其他山里的男人没有太多的区别，他们都认为女人就是附在他们身上的一个物件而已，有时候是拿来用的，有时候就是一件装饰。

显然，这只能是文学书写而非历史书写的文字。

作为瑶山的美女蓝美凤，她不乏追求者。瑶山首富、总石牌头人赵山河的孙子赵果敢就不断向她献殷勤，或许，如果没有杜孝和与王知微的出现，蓝美凤最终也会嫁给赵果敢，重复传统瑶族妇女共同的命运，过传统瑶族妇女共同的生活，延续传统瑶族妇女共同的心路历程。

可是，因为杜孝和与王知微这对新婚夫妇的到来，蓝美凤的内心世界被一种外来的力量改变了。

有一天，蓝美凤姐弟俩与杜孝和一起上山采蜂，不小心惊动了蜂群，杜孝和赶紧将蓝美凤姐弟俩推进岩石里，自己挡在外面，以免姐弟俩被蜜蜂叮蜇。小说又写到蓝美凤的心理活动：

蓝美凤与杜孝和是面对面的，杜孝和身上的热量一阵阵扑到她身上，她被一种陌生却又喜欢的气息弄得无所适从，她一点也不敢动，被杜孝和遮挡着，她觉得外面那片天空和她已经没有什么关系了，待个十年八年的也没有关系。在这个人的罩护之下，她的心安静得就快不会跳了。也不知道过了多久，只听见杜孝和说，那些蜂应该走了。他一边说，一边轻轻将身子移开，手掌依然罩到她的头脸上，等确认外边已经没有蜂，他才松了一口气，移开身子，让姐弟俩从岩底下出来。

当天晚上，蓝美凤睡不着了。小说再度进入她的心灵世界：

她当然是睡不着的，她只不过想好好理一下自己的心情。白天在崖下，杜先生那样奋不顾身地挡在她跟前，那一阵子她为什么就好像丢了魂一样呢？她感觉好高兴，好欢喜呢。她的脸发烧了，她用手捂住脸，一股股热流在身体里流窜。她想，自己是喜欢上这个男人了。她被自己这个想法惊得心口扑扑地跳。王知微亲切的笑颜突然像一盏灯一样晃进她的脑海里，蓝美凤猛地坐起来，她被自己不道德的心事给吓到了。那是阿姐的男人，我怎么去喜欢阿姐的男人，太不要脸了，可以去死了！蓝美凤开始咒骂自己，她用手掐自己的大腿，最后又很无力地劝诫自己——这个男人不属于大瑶山，他只是过客，他很快会离开这里！

她到底还是没有说服自己，我就是喜欢他，我谁也不告诉，谁也不会知道的……

熟悉小说的读者当然知道，蓝美凤已经爱上杜孝和了。

当杜孝和受伤，王知微生死未卜的时候，蓝美凤赶紧奔向圣堂山，她要到圣堂山顶拜那棵神树，求神仙保佑杜孝和与王知微夫妇。

她终于穿越了黑暗，在太阳冲破晨雾的早晨她看到了那棵传说中的千年神树。它那般庄严，那般巍峨，枝丫如伞盖遮天蔽日，护佑一方。树身环绕轻纱般的白雾，千鸟归巢，此情此景不似在人间。蓝美凤双膝跪下，她一路磕头一路跪过去，她合掌祈求，神仙树，神仙树，求您，救救知微姐，救救杜先生。

树没有回答她，树一直静默着。她说，神仙树，您可以回答我吗？让我听听您的声音。树没有回答。她说，我求求您，让他们都好好活下来，长命百岁地活下来。她似乎听到了一声叹息，那一声叹息让她心发慌。她说，神仙树，我太贪心了是吗？好吧，无论是知微姐，还是杜先生，只要他们有一个能活下来，我就不嫁人了，我哪也不去，我每天在我的村子里遥拜你。神仙树，这是我跟您的约定。

没有人知道蓝美凤曾经来拜过这棵神树，还和神树有这样的约定，只有她自己知道，她用自己的一生去守了这个约。

在整个《圣堂之约》这部长篇小说中，出现过许多约定，比如，杜孝和与蓝朝堂的约定，杜孝和与赵果敢的约定，杜孝和与蓝美凤的约定，蓝美凤与赵果敢的约定，然而，最为动人的，还是蓝美凤与圣堂神树的这个约定。

不要以为《圣堂之约》只是一个情爱小说，虽然它将蓝美凤对杜孝和的情爱叙述得委婉动人。事实上，《圣堂之约》涉及许多超越了个人情爱的事件，诸如蓝朝堂重办化瑶小学，蓝君行瑶山剿匪，赵果敢瑶山修路、从军抗日，所有这些情节，都与杜孝和与王知微的瑶山之行有关。在杜孝和、王知微进入瑶山之前，瑶山还存在汉化与反汉化两种意识的分歧，好不容易建立起来的化瑶小学全部关闭；蓝君行还喜欢在家里打老婆。杜孝和、王知微进入瑶山之后，化瑶小学得以恢复，瑶山道路终于修成，蓝君行懂得了尊重且爱护自己的妻子，赵果敢了解了蓝美凤的心意。说到赵果敢，这个经济上富有却曾经对汉人充满敌意的青年瑶人，当他完成他与杜孝和的修路约定之后，小说有这样一段心理描写：

> 赵果敢在人群中看到美凤了，美凤拉着权芳根在山路上跑动，她的脸上如阳光一样灿烂，想来是和他一样的喜悦。他清楚地记得当初他和她的约定，路修通，她便嫁与他。他冲动地策马奔向她，远远地却听到蓝美凤在大声喊着，杜先生，阿敢把路修好了，你高兴吗，他兑现和你的约了！
>
> 赵果敢听那声音，饱含着一种他从来未曾体味过的情感，他突然悟到，她的喜悦是另一种喜悦，她的心其实挂着另一个人。赵果敢勒马驻足，他有些慌乱，过了一会儿他平静下来了，也许真要感谢这几年的修路生活，他的轻狂、浮躁基本上和那些山石一块打掉了。当这条路呈现在众人面前之时，赵果敢的心里也开了一条路。

是的，杜孝和与王知微进入瑶山，虽然让赵果敢失去了与蓝美凤恋爱的自信，却让他的心胸变得博大，就像修了路的瑶山，因为开放而辽阔。

1939 年，当日本人侵入广西的时候，赵果敢想起了杜孝和与他的谈话，他骑上马与蓝美凤告别之后参军了。数年后，在惨烈的桂林保卫战中：

> （28 岁的）赵果敢和所有的敢死队员一样，身上捆了炸药包和手榴弹。他从天而降，直奔大炮。日本兵反应过来，支起枪对准他。赵果敢躲过了好几枪，同时，也有好几枪打到他的胸口、大腿上。他并没有感到太痛苦，他以在瑶山上练出来的敏捷身手迂回前行，当他抱住那门大炮引爆的时候，他亲耳听

到打雷一般轰炸的声音，他飞起来了，飘了很久，他看到高高的圣堂山，山脚下有一个美丽的姑娘，姑娘背着一个竹篓往山上走，他叫着她的名字，叫了很多声，她才听到，她回过头来，可惜这时他已经看不清她的长相……

历史往往只承载那些重要的人物，文学才能让这些无名者百世流芳；历史往往只关注那些重大的事件，文学才能让这些幽微的心灵洞开无遗。当我们看到诸如蓝美凤、赵果敢、蓝君行这些瑶族人物心灵变化的轨迹，当我们为他们的欢乐而欢乐，为他们的悲伤而悲伤，我们意识到，映川借助1935年那个震惊中国现代学术界的历史事件，创造了一个动人心魄、独立自足的文学世界。

因此，《圣堂之约》这部篇幅并不厚重的长篇小说，是文学对历史的一次亲近，是文学对学术的一个致敬。这样的文学尝试，对于“70后”代表作家映川来说，或许能够为她已经驾轻就熟的个人化写作方式打开一条新路。

目　录

一

等会儿见到王知微，他便是连续四天与这姑娘见面了。四天，也许后面还有五天、六天……杜孝和突然被这个数字弄得有些紧张和不自然，所以，他没有直接朝姐妹楼的方向走，而是在湖边树林子里多绕了些路。未名湖边的草地露水浓重，尤其在这样一个春天的早晨。杜孝和着的是皮鞋，鞋头和裤脚边都沾上了嫩青色的草碎和露水。

昨天他们告别的时候，她说，进燕大两个月，校园里还有好多地方没去过。两年前杜孝和刚入学的时候，在头一个星期里便把校园的景致全观览了一遍。一个南方人到北方看一切都是新鲜的，两年时光，新鲜也变作平常了。但他说他可以陪她去走走看看，约在今天一早。

昨天，他们见面是她找到他，告诉他，他借她的书她通宵读了，很有启发，然后他们针对书的内容讨论了一个下午。

前天，他借给她一本书，书名叫《人口论》。她拿到书高兴地说要感谢他，然后他们在一块吃了简单的晚饭。她请他吃面，等面条上桌的工夫，他跑外头买了半斤酱牛肉。晚饭吃得很饱，他们一路慢慢散步回去。夜色中的燕大校园清凉静逸，在徐徐凉风的吹拂中他把她送到女生宿舍姐妹楼下。

大前天，他们第一次见面。他作为学长参加低年级同学聚会，一群社会学系的年轻人为人口问题争论不休。其中，一个身材修长、短发、圆脸、左颊有个酒窝的姑娘提了好几个问题，杜孝和回答了其中一两个，另外的时间用来解答别人的问题了。聚会终了，他在散去的人群中瞅见那位姑娘，姑娘冲着他笑，并伸长脖子站到人群外像是等候他。他们同时向对方走去。

他告诉她，她刚才提的问题有一本书能够找到答案，这本书他可以借给她。

她说，谢谢杜师兄。

他说，不用谢。

她说，杜师兄的名字我早听说了，今天第一次见到本人，果然是个风度翩翩的大才子。

得到一位漂亮姑娘的赞扬，杜孝和的心情是愉悦的。他说，你过奖了，你叫什么名字？

姑娘说，我叫王知微，见微知著。

好几年前杜孝和就戴上了眼镜，他感觉有时他的视力不错，有时又很差劲。他咨询过医生，医生说这一不稳定性和精神状态有很大关系。比如说，眼下隔着将近一百米的距离，他就能确定那个站在姐妹楼下的姑娘是王知微，还能看出她的表情带着期盼和兴奋。医生告诉他，精神高度集中，百步穿杨也不难。杜孝和想控制行路的速度，尽量不要显得那么急迫，但脚下还是禁不住急迫起来。

那站在路边等待的人果真是王知微。王知微是一位洋气的姑娘，一贯不像校园里大多女生那样穿着宽松的旗袍。她喜欢穿西服西裤。今天她上身穿的是一件灰色短装西服，里边的白衬衣翻出绲边领子，下身是一条米色裤子，脚上套着长筒黑皮靴。人看上去出奇地高挑动人。

王知微微微笑着，酒窝俏皮地蹦出面颊，她的目光一下溜到杜孝和的脚上，你的裤脚湿了呢。

杜孝和俯身拍拍裤脚说，这是湖边草的眼泪，它们拉着我要告诉我它们的忧伤和快乐。

王知微说，哦，你听到了什么？

杜孝和说，它们很骄傲，它们说，它们的忧伤和快乐就是我们的忧伤和快乐，所有燕大人的忧伤和快乐，它们是燕大历史的见证人。

王知微拍手说，都说杜师兄的诗写得不错，听这几句话我信了，杜师兄一定能写出那种很有哲学意味的诗歌来。

杜孝和呵呵笑了，很有哲学意味的诗歌？诗歌从来都是有感而发，我也没关注是否哲学了，希望今天也能写出一首好诗来。

王知微说，一定要写，我要当第一个读者。那，我们现在出发？

杜孝和说，好，走。一边说他的目光忍不住往王知微的脚上跑。她那双黑色的高筒靴子，鞋头一小块漆被蹭掉了，靴筒上有几条明显的褶子，看得出是双有些年月的靴子了，但整体保养得不错，散发着经常被打磨的光亮。高筒靴子很衬王知微的身材，让她显得更加修长挺拔。

王知微看他注意她的靴子，两脚左右踏踏步说，这原本是我嫂子的靴子，我喜欢，她便送我了，怎么样？

怎么看都是个大大方方、英姿飒爽的姑娘。杜孝和说，好看！

王知微笑着说，走吧！

杜孝和说，打算先到哪？

王知微说，哪都好，走哪算哪。

刚走得两步，王知微指着一条偏僻的小径说，这样吧，从这里走，我们看谁先跑到博雅塔。

杜孝和摆摆手说，跑？不行，不行，我习惯女士优先的。

王知微说，别找借口了，我看你根本跑不过我。

杜孝和无可奈何，好吧，那试试看。

一双高筒靴子和一双皮鞋在林间小径上跑起来。一个是决心要赢的，一个是不想丢面子的。

清晨，这一带并无多余人，看热闹的是些雀儿和虫儿。小路并不宽敞，俩人你推我搡，争先恐后，几乎是同步到达塔底。好一阵子，无人能开腔说话，空气中只有呼呼喘声，还有几只被惊起的雀儿喳喳盘桓。

过了一会儿，俩人同时爆发出笑声。王知微说，要是放开跑，你肯定跑不过我。

杜孝和说，你厉害，腿长，步子迈得大，我比不过。

王知微骄傲地甩甩短发，拍手笑着说，承认就好。

博雅塔如一位阅尽人间世事的智者，安静地立于未名湖畔。

王知微仰头目测了一下说，我看这塔高有差不多三百尺。

塔边立了块碑，杜孝和走过去将上面的文字念出来："塔级十三，高二百八十尺，围百四尺。"他边念边说，你眼力不错嘛，博雅塔是燕大的至高处，在这里可以一览燕大最美的风光。

王知微说，可在这里看不到清华楼呢。

杜孝和在清华楼有一间屋子用来读书，那本是他导师吴华文先生专用的，他在那里为先生整理资料，后来先生换了办公室，书和资料太多，屋子就留用没有收回，平时没课他就待在那里看书写东西。杜孝和不知道王知微为什么会提到清华楼，是因为他平时在清华楼读书吗？他的联想是不是有点自作多情？

他站在她身后，她被汗水微微浸湿的头发被风吹动，她的身体散发出一股充满体香的温热。他说，我每天都在清华楼看书，那里很安静，从窗子看出去，可以看到一片竹林。很奇怪的，每次风吹竹林响声很大的时候，我反而觉得最安静。

王知微说，那是因为那个时候你可以不为外物所动，心力最强大，所以越吵你越觉得安静。

杜孝和说，还可以这样解释？

王知微说，当然可以。你是吴先生的高徒，一个人有一间房子读书，真让人羡慕。

杜孝和说，那里确实是个读书的好地方，也许是周围全堆着书的缘故吧，我几乎没有开什么小差。

王知微说，我以后有问题可不可以去那里向你讨教？

杜孝和说，欢迎啊，共同学习。

王知微说，说好了，我上门你不许烦我。说这些话的时候，她的脸侧偏向他，脸颊上的酒窝像一只调皮的小老鼠，一会儿冒出来，一会儿钻进去。杜孝和豁然领悟，他是因为这个酒窝喜欢上这个女生的，而这之前，他从来没有十分在意任何一个女孩的容颜。

他俩肩并肩沿着未名湖缓缓行走。这湖边的美好辰光是由温和的日头、清凉的风、新萌芽的绿构成的。如果有一台相机，能把他们连同包裹他们的这一切统统装进画面里该有多好啊，这是一段应该被永远纪念的时光。杜孝和的思绪如湖边垂柳，在风中轻柔地摇曳。

不远处是湖心岛，杜孝和说，我们到岛上走走吧。

王知微说，行，反正早上就交给你了，下午我还有许多功课要做呢。

杜孝和有些吃惊，今天是周末啊。

王知微说，我跟保罗教授约好了，有法文方面的问题要向他请教呢。

杜孝和说，你还真刻苦。

王知微说，不刻苦不行啊，吴先生说，你已经可以翻译国外的论著了。

杜孝和说，我比你早读了两年书呀。

王知微说，好在只早了两年，不然我还不得一辈子都在追赶你，现在我只有跑步跑得赢你了。

她那样俏皮地冲着他笑，他真想拉起她的手。

太阳已经升至正空，金光灿灿，湖心岛阴凉处不多了，看得到有一群人聚在几棵矮树下。他俩正要绕开人群，突然听到惊叫声，眼见人群中有一人骤然仆倒在地，周围的几个人惊得跳开去，马上又聚拢来。

曾经学过医的杜孝和本能地快跑过去。有人正要将那摔倒的人抱起，杜孝和阻止了这一举动。患者看起来也是学生，年轻的面庞，牙关紧闭，嘴角有些许白沫溢出。杜孝和翻开患者眼皮查看，迅速松开患者的衣领，将其头转偏向一侧，又从自己裤兜里掏出一张手绢团成团塞到其齿间。他对周围的人说，应该是癫痫发作了，癫痫也叫羊角风，过几分钟他自己应该会醒过来的。果然，过了几分钟，这人缓缓睁开眼睛，恍恍然地，似乎不知道发生了什么。杜孝和把塞到他嘴里的手绢扯出来说，同学，你刚才突然昏倒了，以前有过这种情况吗？那人说，前几个月有过一次。杜孝和说，只有过一次？那人说，是的。杜孝和说，去医院检查过吗？那人摇摇头。杜孝和说，你的头部在前几个月，也就是你第一次昏倒之前受过伤吗？那人想了想说，半年前我骑马摔下来过，头撞石头上了，不过当时没什么反应。杜孝和说，你最好到医院检查一下，这种病小孩子患上的概率比较高，像你这样的成年人，一般是头部受伤才会引发的。那人应了下来，说了几声“谢谢”，几个同学把他扶走了。

王知微一直在一旁听着，剩下他们两人的时候，她一脸疑问，你竟然还会看病？

杜孝和说，没来燕大上社会学之前，我在江吴医科大学上了两年，后来退学了。

王知微说，学医也不错呀，学了两年才放弃多可惜呀？这里边一定有故事，给我说说呗。

杜孝和很乐意给这位姑娘讲讲他的故事，他们找到一处清静处坐下，杜孝和开始了他的故事——

曾经，杜孝和最大的愿望是做一名悬壶济世的医生，给世间病患者带来福音，所以他报考了江吴医科大学。如他所愿，他顺利考入预科班。在学习的过程中，他却慢慢发现这个选择与他内心所要实现的理想是有差距的，但那时候他还未能明白这个差距从何而来。这个答案在学校爆发的一次学运中让他找到了。当时学校里的一名校医与学生发生口角，该校医粗暴地打伤了这名学生，学校当局袒护这个校医，学生会认为不公平，组织了罢课活动，学校便要开除所有的闹事者。而作为学生会领导者之一的杜孝和本也在开除之列，但由于他的学业和品行一贯表现优异，学校没有开除他，给他一个留校察看的机会。杜孝和不领情，他要和被开除的同学共进退，毅然地选择了退学。那时杜孝和已经想明白一个道理，一个医生如果没有社会责任感和起码的同情心，虽然能治疗人身上的疾病，但可能有时也会增加别人的病痛，就像那个校医一样。他认为中国当务之急并不是治疗个人身上的病痛，而是治疗社会的病痛。

杜孝和说，如果我是医生，刚才那人我也许可以治好他，但我治好的只是他的身体，如果他的病是出在思想上、意识里，你说我还能治吗？

王知微说，当然不能。

杜孝和说，这就是我改学社会学的理由，学医只能治一人，学社会科学可以找到这社会的病因，可以治万人。

王知微透过杜孝和那副眼镜看到一双智慧的眼睛，眼前这个男人，变得具体起来。而在这之前，他于她还只是人们口中传颂的一个抽象的名词——才子。她说，说得真好，学医只能治一人，学社会科学可以治万人。

已经有一个星期没有见到王知微了。那天同游了校园之后，他们并没有特别地约定，杜孝和以为按照惯性这种相处会持续下去的。可这个姑娘好像消失了。这个说法不太确切，应该说他在应当能碰上她的地方都没有碰到。他昨天还往她平时上课的教室去了，因为没有特殊的理由，只能佯作路过。他眼睛能扫描到的地方都没有那个熟悉的身影。虽然没有一个个人辨认过去，但他相信自己的感应能力，要辨识一个他想辨识的人儿，一个余光就足够了。

这天黄昏，杜孝和突然焦虑起来，七天的时间未免有些漫长了，偌大的空洞让一些杂乱的想法滋长如暗地里的菌。他站到窗户旁，那一丛丛冒出嫩笋的竹林正在经历着雨前的大风洗礼，和过去一样，风吹竹叶哗哗响，但又和过去不一样，那响声原本单调得让人心安稳，今天却让人烦躁不安。

雨终于下来，尘埃落定，打得竹叶噼啪响。

雨声掩盖了敲门声，当杜孝和反应过来有人叩门时，那人已经离去。他开门追下楼道，拐角处，姑娘回身站住冲他嫣然一笑。看清楚是她，果然是她，他松了一口气，似乎一切都有了着落。他叫她的名字，王知微，王知微。他不是叫给她听的，他是叫给自己听的。

王知微说，敲了半天门，我以为没人在里边呢。

杜孝和说，一开始是没听到，后来我应了，你却没听到了。

他把她请进屋里，给她倒了一杯水。

王知微坐下，把手里边拿着的两本书放到茶几上说，你看看这两本书，我这个星期就对付它们了，好歹看完一遍了。

杜孝和拾起来看，一本是英文原著《社会变迁》，一本是法文原著《甘肃土人的婚姻》。他有些惊讶，你能读原版书再好不过了，再好的翻译版本都是有遗漏的。

她说，能读算什么，我要把它们翻译出来，我们一起做这个工作好吗？我看了，这两本书非常值得翻译成中文，对我们国家社会学科发展肯定有很大的借鉴和启发作用。

他没有马上应承，因为他一下子不太好理解她的邀请。

她说，怎么了，怕我水平不行？你放心，主要翻译工作由我来，不明白的地方再请教你，当然最后把关由你来，好不好？

看上去王知微就是一个勤学上进的好学生，作为一名学长，共同翻译两本书不需多想什么，杜孝和为自己的杂念感到惭愧。他说，没问题，我们一起努力。

翻译工作很快开始，王知微的法文好得令杜孝和吃惊，他认定她是个学语言的天才。《甘肃土人的婚姻》一书王知微几乎是一口气译下来的，杜孝和在阅读的过程中不断赞扬她译文准确到位。

王知微说，为什么我们中国人不能写出这样的书呢？自己的人种，自己的社会问题却变成外国人的研究方向！我一边翻译一边就懊恼得很。

王知微的感慨杜孝和何尝没有，他心里欣喜她与他竟然这样志趣相投。他说，吴先生也经常跟我说，要社会学中国化，我们一定要努力，相信会有很多这样的工作等着我们去做，我们要有耐心，毕竟我们的国家这方面的事业才刚开始萌芽。

王知微说，可惜我还要两年才能毕业，说什么都只是纸上谈兵。

杜孝和说，不着急，我刚才不是说了吗，我们要有耐心，我们现在不仅仅是在等待，我们同时还在充实自己，而且，我们已经知道未来进取的方向了，这不是很好的一件事情吗？

刚才还懊恼万分的王知微突然笑出声来，正在一本正经安慰着的杜孝和被弄糊涂了，我说得不对吗？

王知微说，很对啊！我喜欢听你说话，特别喜欢听你说“我们”。她仰起头看他，如画的眉毛，如水的眼睛，里面跳动着亮晶晶的小火苗。情之所动，如此大胆的表白对她来说也是破了天荒的，话音未了，她的脸腾地红了。

他的胆也壮了，盯牢她的眼睛说，明晚我们去圆明园看月亮好不好？

她低下头说，好。

月亮总是成人之美的。那一晚上圆明园的月亮特别明亮，将残垣断壁的园子镀上梦一般的银光，让两个有爱的年轻人在如画的情境中越走越近，他们的手终于牵到一起了。

杜孝和在楼下翘首等待，他已经托一个女同学上楼去叫王知微。本来按日常他们晚些时候会在清华楼碰面的，可他等不及了，他要向她宣布一个好消息。

白日里见了吴华文先生，吴先生将一封邀请信转交到他手中。那是来自广西省政府的一个邀请。

从去年开始广西国民党政府打出一个政治口号——建设模范省，要在经济、政治、社会等方面实现赶超别的省份，位于全国先列的目标。困扰历代掌权者的大瑶山民族问题再次被推上日程，经吴华文教授大力推荐，在社会学研究方面已经有一定造诣的杜孝和被邀前往大瑶山调查。

杜孝和一直在等待着这样的一个机会，让他得以学以致用，大显身手，机会真的来了。

吴先生说，孝和，广西省政府进行特种民族研究是一项很有意义的工作。我以为要充分了解中国，必须研究中国的全部，包括许多非汉民族在内，如能从非汉民族的社会生活上先下手研究，再回到汉民族本身时，必有较客观的观点。同时，国内这种不同社区类型的比较，对了解民族文化必有极大的用处。

杜孝和说，是的，老师，我会好好珍惜把握这个机会，争取做出一个成功的调查报告，以后，我们还会到华北、华中、西南各地，做不同的研究报告。

吴先生说，你的想法很好，以后这样的工作会在全国铺开来，万事开头难，你对这项工作的艰苦要有思想准备，毕竟那大瑶山还是个未开化之地。

杜孝和说，老师，您放心，从一开始学社会学，学生就做好吃苦的准备了。学生还有个请求，能不能让王知微也一块去，老师您知道她一直很努力。

吴先生点点头说，我相信王知微有这个能力，而且考察工作中有些事情女性操作起来更方便。不过，你俩孤男寡女，这千里迢迢的，不如结了婚再出发吧。

要不是吴先生提出来，杜孝和还不敢这么想，虽然与王知微相处有一段时间了，但要说到结婚，他真不敢确定她是否愿意嫁给他。他老老实实地跟吴先生交代，如果她不愿意嫁给我怎么办？

吴先生哈哈大笑，我只能告诉你，这是个好姑娘、好伴侣，你值得去争取。

杜孝和说，先生这么说，给学生鼓劲了，学生这就争取去了。

杜孝和看到王知微了，她手上捧着一只饭盒，一路看着脚下的台阶，走得很小心。她说，我还在宿舍里给你煮饺子呢，听说你在下边等，急急下来了。今天怎么提前跑来了，鼻子很灵嘛，知道我包饺子了？

杜孝和接过她手中的饭盒说，走，咱们到湖边坐坐，我给你说件事。

到湖边草地上坐下，她打开饭盒说，趁热赶快吃。

杜孝和往嘴里塞了一个饺子，大赞味道好，然后就专心致志在吃上，好像他就为了饺子来的。

王知微说，咦，你刚才急急要跟我说事，怎么又不说了？

杜孝和轻描淡写地，对了，我接了一个邀请，广西省政府邀请我到瑶族居住地进行考察。

王知微很兴奋，哇，太好了，什么时候走？

杜孝和一边吃饺子一边说，可快可慢呀，如果明天想走也行，不过，我打算准备充分一些，还是先给广西省政府写一个考察计划，让他们了解一下我的工作方向。

王知微说，嗯，这个计划我们一块写，我也要去。

杜孝和摇摇头，那不行，孤男寡女从北到南，去的还是那种边远的山区，太不方便，以后你会有机会的。他在这里故意卖起了关子。

王知微说，我一定要跟你一块去，你知道我做梦都想得到这样一个机会。

杜孝和故作为难地说，要不你让吴先生向广西政府那边推荐一下，看他们愿不愿意邀请一位女士去工作，这兵荒马乱的年月，我看有些难。

王知微从杜孝和手中把饭盒抢过来说，不许吃了。她是真生气了，饭盒盖了几次没盖上，她干脆把饭盒一扔，抹起眼泪来。

王知微一哭杜孝和就要装不下去了，但还是得撑着。他说，要说办法还是有一个的，就看你愿不愿意了。

王知微说，什么办法？

杜孝和说，嫁给我，夫妻一块同行什么都方便了。

王知微泪眼婆娑，隔着泪帘盯紧了他。

好一会儿的静默。他心虚了，他怕她说出他不想听的话。

王知微果然站起来，推了他一把说，坏人！乘人之危，威逼利诱。她拔腿跑了。

杜孝和拾起饭盒往前追了几步说，那你是愿意还是不愿意？

王知微回头抛下一句话，我要给家里写信去。

杜孝和大声嚷着，写什么内容？

王知微说，猜吧。

杜孝和猜了一晚上，一大清早他跑到女生宿舍楼下，眼圈子发红，哈欠连天。终于等到王知微袅袅婷婷地下来了。王知微手上拿了一封信，看到他她似乎很吃惊地说，咦，一大早的，干吗来了？

他说，等你的信呀。

她扬扬手里的信说，我写好了，等会儿拿去寄了。

他手里也拿了几张纸说，这是我给你家人写的，你也一块寄了。

她说，写了什么？

他说，我告诉你父母，感谢他们把你养大，把你送到我的身边，我要娶你为妻，我一定会爱你、敬你、疼你……

几个女生下楼来，听到杜孝和的表白，捂嘴笑了。

王知微赶紧把杜孝和拉到远离楼道的偏僻小路上，说，你傻不傻？全世界的人都听到了。

杜孝和说，听到就听到呗，我昨晚就想到你楼底下喊了。

王知微说，你要喊什么？

杜孝和说，王知微嫁给我，王知微嫁给我，王知微嫁给我！

王知微扑哧笑了。

杜孝和说，能不能点个头？

王知微把手中的信往杜孝和的手一塞说，我昨晚上写信给我父母，告诉他们，我要嫁给一个书呆子了。

杜孝和心中大石头落地，他把王知微紧紧搂到怀里。

他俩开始了广西之行的积极准备工作，先是到图书馆查阅有关广西大瑶山的文献资料，进行记录，还买了不少相关的书籍。因为研究经费并不是特别充裕，杜孝和决定把自己的积蓄拿出来做补贴。杜孝和的大学学费是姐姐支持的，姐姐在家乡养蚕，日子过得一般，但听说杜孝和要结婚，给他汇了一笔丰厚的钱。信中特地交代，给新娘子买一套首饰和几套衣服做聘礼。

杜孝和把姐姐的信拿出来给王知微看。他说，微，我是要欠你一套首饰了，我打算用这些钱买一台德国相机，再买一些药品。相机的用处你是知道的，我们做实地研究当它是宝贝；买药品带去一是为我们自己预备着，另外，那里的瑶民会用得着，我们可以顺便帮大家看看病。

王知微歪着脑袋说，幸好你碰上了一个不喜欢戴首饰的姑娘，我的首饰变成这些东西还算值得。

杜孝和说，好姑娘，以后我会补偿你的。

王知微说，我不要你补偿我首饰，我要其他东西。

杜孝和说，说吧，想要什么？

王知微说，我要你陪我走遍中国的乡村城市，我要和你写出一本本研究民生民情之书，可好？

他握紧她的手说，这也是我想要的，我给不了你一个隆重的婚礼，但我能给你一个承诺，我到哪都会带上你，我们一起走遍中国大地，一起记录研究，我们要看着国富民强，你说还会有比我们更志同道合的伴侣吗？

她依偎在他的怀里，幸福地笑了。

杜孝和还把学校几位广西籍的同学邀来聊天，听听他们说大瑶山。虽是广西人，那几位同学对大瑶山也说不出太多东西。只有一个叫蒋生华的同学，来自柳州，听说杜孝和和王知微要往广西去，拍掌庆贺。他说，杜兄，你这一趟等于是去朝圣呢，那大瑶山有座圣堂山，是座神山呢。圣堂山中长年大雾缭绕，杜鹃花满山遍野，山之巅还有一棵千年神树，如一把巨伞遮天蔽日，要想见到那棵神树可不容易，摸一摸树身都能增寿几年。

有人问蒋生华，你去过？他说，我没去，我舅舅去过。众人便揶揄他，听起来你都爬遍了圣堂山，把那树摸了好几回了，原来还没去过。蒋生华急了说，实话跟你们说吧，我舅舅是个道士，长年在外游历，偶尔回家就和我说些奇闻逸事。前年底我舅舅去了一趟圣堂山，回来以后特别兴奋，说找到修行的好地方了，叫圣堂山，还说他在圣堂山遇着神仙了。这两年舅舅就再也没有回过家，我猜想舅舅是在那圣堂山隐居修行了。

有人说，生华，我要是你，就跟你舅舅修仙去了，还来读什么大学啊。

蒋生华说，跟你们多说无益，万事皆要有缘分，反正你们也没有这福分。杜兄到了瑶山，别的地方可以先放一放，圣堂山是得去敬拜的。

杜孝和说，听你这么一说，我们一定会去的，而且，怎么也要见到那棵神树。

蒋生华还特地交代杜孝和，如果你们在圣堂山碰到道士，一定得问问其俗家名是不是姓杨，姓杨十有八九就是我舅舅了。

大家又笑着说，杜兄，你与知微如果在山上碰着神仙，干脆就留在山上做神仙眷侣得了，这俗世有啥可留恋的？

杜孝和和王知微都拍手笑着说，那是自然，如果遇到神仙，我们就留那了。

杜孝和觉得蒋生华说的有趣得很，圣堂山三个字是印到他脑子里面去了。第二天他专门查阅有关圣堂山的资料，在书上得诗一首：“我家圣堂山，未睹圣堂水。朝爽洗素秋，目极三十里。神鱼无凡鳞，仙花有奇蕊。

梦想四十年，攀条负樵子。谢客蜡木屐，准果去前齿。”

杜孝和将这诗抄回来读与王知微听，他说，我对那座圣堂山已经无比地神往了。

王知微说，我也是。

杜孝和说，我们进大瑶山以后一定找时间上圣堂山，还要找到那棵神树，求它让咱们一辈子平平安安，白头到老。

王知微说，嗯，对，还求它保佑咱们两家的亲人都平平安安。

杜孝和握紧王知微的手说，那是当然，要为我们所有亲朋好友都祈福。

此时杜孝和未曾了解王知微说这番话的心情。王知微向他隐藏了一个小秘密。之前王知微写信回家告之她打算结婚并即将前往广西开展工作，这事在王家掀起了轩然大波，知微父母及祖父母对她要结婚一事并无异议，他们相信她的眼光。他们争议的是她要前往广西一事。王家有五个孩子，王知微上面有四个哥哥，全家人都拿这最小的姑娘当宝贝，如何放心她前往世人口中的蛮荒之地？何况如今从北到南战乱、匪乱，哪有太平地？当初王知微到北平求学，王父是亲自把女儿送进校门安顿下来才走的。王家一再强调，广西绝对不能去，祖父祖母在家等她把姑爹带回去，否则就到北平来看她。王知微看家里人反应太大，只得使缓兵之计，再写信告之家里，广西省政府不同意女士前往，她想去也去不了了。

因为对家里有隐瞒，对从小疼爱自己的祖父祖母也说了谎，王知微心里觉得特别对不起家人，只盼着家里人一切安好。她想等她从广西回来，再带着杜孝和回家请罪了。

杜孝和与王知微在照相馆照婚照，他穿黑色西服，她穿白色婚纱，男的儒雅，女的秀丽。两人微笑着头靠在一块。照片多晒了几张，分别寄回给各自的家人。他们举行了一个简单的婚礼，只邀请了几位好友和同学。

杜孝和请来导师吴华文做证婚人。

吴先生祝福道，你们是志同道合的同学，进而结为终身同工的伴侣，我为你们欢喜，这种婚姻，最理想，最美满。

杜孝和送了王知微一双高筒靴子，亲自为她穿上。他说，你那双靴子旧了，我送你双新的。大瑶山寒气重，穿上这双靴子护着你的脚，也当我为我的爱人鞍前马后吧。

王知微送杜孝和一支钢笔。她说，这是我能想到的最好的礼物，你用它写出最精彩的文字吧。

二

婚礼后的第三天，尚在蜜月期的小两口从北平出发，乘坐火车、轮船，经无锡、上海、香港、广东，辗转来到南宁。眼下北方已进入深秋，而南宁这个南方省会城市虽然绿树遮掩了大半个城，但骄阳白日里总是热辣辣地挂在天上。大街上，一排排制服整齐、列队张旗的民众团体在街上游行，他们手里挥舞着五色小旗，拉着“还我东三省”“不做亡国奴”的横幅，嘴里喊着“打倒日本帝国主义”的口号。这一天正是“九一八事变”四周年纪念日。这是杜孝和与王知微在北方已经很久未能见到的景象。跟季节的变换一样，北方已经深秋，这里却让他们感觉到南方的温度，激情如火。杜孝和立即喜欢上这片土地，这里潜藏着一种与之隐埋心底的热情相呼应的力量，炽烈而单纯。

然而，此时的大瑶山与南宁完全是两个不同的世界，二人原来计划取道柳州，经过融县[①]、三江，进入瑶山。到了柳州后，才知融县一带有土匪作乱，无奈之下，只好更改路线，经水路取道象县[②]。

即便进入象县地界，大瑶山已经近在咫尺，可山外的人与山里的人仍

---

① 今融安县。

② 今象州县。

然是两个世界的人。在他们落脚的万丈乡，当地一个接待人员把他的伯父招来陪伴他们，说是可以和他这位伯父聊聊，了解一下瑶乡的情况。这位老人家有五十多岁，名叫韦龙卡。韦龙卡自称年轻时去过几趟王巷乡，说是当年他患上一种皮肤病，无法医治，听说大瑶山生长有一种草药能治，就去寻来，果然有效果，所以后来又去了几趟。王巷乡是杜孝和夫妇将要进入的瑶山据点。

韦龙卡在杜孝和夫妻俩跟前做得最多的一个动作就是摇头，特别看着王知微这样一个漂亮斯文的大姑娘头摇得更勤。他摇着头说，哎呀，那个路太难走了，很多时候根本就没有路，你要像一只狗或者像一头羊一样爬过去，一不小心，哎呀，还滚下山了。

韦龙卡说，你们要带足大米面粉，里面没有吃的，那山里头的人一年到头能吃上几斤苞谷就不错了。

王知微说，那他们平时吃什么？

韦龙卡瞪眼说，能吃什么？树上结的果，地里长的苕，林子里的鸟兽，反正他们跟野人差不多了。

韦龙卡还说，你们要小心，不要得罪了那些瑶民，他们会放蛊的，那些中蛊的人会莫名其妙得怪病死掉……

听到这些言论，杜孝和担心王知微有想法，朝她望去，她也正在看他。他故意提高声量说，怕不怕？

王知微笑着说，小时候我一顽皮，奶奶就说鬼故事吓唬我，后来她发现根本吓不到我，因为我总是盼望她故事里说的那些鬼呀怪的赶快出现，让我瞧上一瞧。

杜孝和哈哈大笑起来。

韦龙卡变成讲故事的人了。他尴尬地摇摇头说，我说的句句是实话啵，你们去了就知道了，没有骗你们的，还有好多没跟你们讲，怕吓到你们了。

王知微说，你再讲讲，越吓人越好。

韦龙卡摇摇头说，你这个年轻的女娃子，胆子还蛮大。

一路的舟车劳顿让王知微的脸上失去了原先的白皙光泽，只有那一双眸子保持着光彩，对大瑶山的向往维护着这盏灯火。杜孝和就喜欢对着这样一张脸，活泼、阳光、无忧无虑。他坐到她身边，握着她的手对韦龙卡说，老伯，有没有兴趣再跟我们走一趟瑶山？

韦龙卡赶紧摇摇头说，年纪大了，走不动了。

王知微说，阿伯，你的皮肤病好了吗？

韦龙卡说，好了，好了，这瑶山的草药还是和别处不同，真能治病。

杜孝和说，是啊，您是个受益者啊，我俩以后会把进瑶山看到的都写到书里边，你今天说的我也会写到书里面。我写出来的一定是一个真实的大瑶山，就是说，它原来是什么样就是什么样。

韦龙卡说，可惜我不认得几个字，你写出来我也看不懂。

杜孝和说，到时让你侄儿讲给你听，也可以当故事听。

韦龙卡点点头说，好的，好的。

韦龙卡老伯的话成了杜孝和夫妻俩路途上的谈资，他们对即将抵达之地充满了无限的遐想，韦龙卡说的种种艰难此时在他们的脑海中仍然只是一种传奇，而且这种传奇充满魅力。

杜孝和他们乘坐的船终于到达象县县郊。这时辰月上柳梢头，山顶城楼已紧闭，鸡犬声远远传至码头。俩人只能留宿在码头的帆船中。

月色千里，天上有月，水中有月，河水静止如镜。他们依偎在船尾。

王知微说，孝和，你有没有觉得这里的空气有一种特殊的味道？

杜孝和说，说说看，怎么特殊了？

王知微说，我觉得这气息很熟悉，很安逸，包括这一路我们看过来的山山水水都很熟悉，好像我曾经来过这里，你说会不会我上辈子就在这里生长，现在是故地重游了？

杜孝和笑了，那我也应该到过这里，我们前辈子肯定已经在一起了。

王知微说，那下辈子呢？

杜孝和说，当然也在一起。

第二天清晨，县政府派来陪他们进山的人来了。科员莫英谷，年纪三十岁左右，长得敦实，喜欢说话，一看就是个经常上山下乡的能干角色。莫英谷热情地与杜孝和握手，称杜孝和为杜教授，称王知微为王教授。

杜孝和知道政府派来陪同他们的人员都是能吃苦的角色，他们在下面待多久，这陪同人员就得陪他们多久，这一下去得好几个月，怎么说都是个苦差事。杜孝和向莫英谷表示了自己的感谢。莫英谷爽朗地笑着说，能和大教授待在一起几个月，莫某也是三生有幸了。

莫英谷请来了五个挑夫，四个轿夫，租了两顶轿子。

五个挑夫是必须的，杜孝和他们的行李大大小小也有十来只箱子。

杜孝和看那两顶轿子说，还用得着轿子吗？

莫英谷说，用得着，用得着，你们第一次走这样的路，坐轿子稳妥些。

进入瑶山地界，羊肠小道峻恶，峭壁连着峭壁，果然名不虚传，韦龙卡说的也不见得太过夸张。人坐在轿子里忽上忽下、忽左忽右少得安稳。王知微有一阵子被颠得胃里翻江倒海，拿出事先准备好的梅脯，不停地往嘴里塞，酸甜的汁水暂时将那恶心压了下去。她想这梅脯原来是为坐船准备的，怕晕船，坐船没觉着难受，这坐轿子反倒要吃梅子止呕了。

杜孝和开玩笑说，结婚时没有叫你坐上轿子，今天补上了，让你一次坐个够。北方人接新娘不是喜欢颠轿子吗？颠起来腾云驾雾的。

王知微说，新娘子坐轿子至少还要有个红盖头吧，你就这么打发我？

杜孝和说，是啊，这可不能少。他让轿夫停了轿子，到路边摘了一大把红色黄色粉色的野花，扎成一把递到王知微手里说，盖头没有，美人就用鲜花遮脸吧。

王知微把花凑到鼻子边嗅嗅，接着把整张脸挡住了，说，不许偷看了。

轿夫和挑夫们看他们互相逗乐，都坐在一边呵呵笑。

很多时候，杜孝和他们还是放弃坐轿子，路虽然崎岖不平，但他们一步步走向即将要探索的神秘地，那种感觉更为踏实。为此杜孝和和王知微摔了无数次跟斗，俩人的手臂、膝盖到处是擦伤。但看那些挑夫肩挑重担，依然健步如飞，杜孝和感叹，读万卷书，还要行万里路，否则那些书本上的知识根本就落不到实处。如果有一天，走在这样的山道上，我有这些挑夫一半的体力和能耐，我才敢说我是个社会学工作者啊！

王知微说，是啊，没有这样的亲力亲为就算不得学好社会学。

偶尔的，会有瑶民与他们相遇。莫英谷大声地和对方说杜孝和他们听不懂的方言，那些瑶民爽爽快快地搭腔，一边用好奇的目光盯着杜孝和他们。

杜孝和第一次见到真正的山里瑶人。那些男子留着长发，在头顶上挽成一个田螺形的头髻，再用一条白巾沿额向后在颈后打一结。女的则把头发梳成一个灯罩式的造型，一直罩到眼睛，发端绾到头顶，打一髻，再用一块白布罩下，如护士戴的帽。光看这发型就有一种强烈的异域风扑面而来。

莫英谷介绍说，这是花蓝瑶，从衣着上就能看出来。瑶山主要有五种瑶：茶山瑶、坳瑶、山子瑶、花蓝瑶、盘瑶，每一种瑶的服饰语言都不尽相同。

杜孝和问莫英谷是不是经常到瑶寨来，莫英谷说一般每半年要下来一次，政府的任务，当是替领导视察。再问他是怎么学会瑶话的。莫英谷说，我只会一些日常用语，说不了太多。杜孝和赶紧要求莫英谷教上几句。莫英谷告诉他，打招呼最好是说“玛能贵”，意思是你吃了吗。“玛恩丢秀”，意思是你去哪。杜孝和还在一字一词地学，在旁边的王知微却一字不落地将整句话重复出来了。莫英谷说，王先生好记性，说一遍就能记住了。杜孝和说，她学语言的天赋我都不得不佩服。

他们在路上走走歇歇，晚上一行人就住在沿路供路人休憩的茅屋里。

第二天一大早起床，又走到晌午，前面的路被山全挡住了。莫英谷指着那道高耸的山峦说，翻过这个风木坳，就到王巷了。

杜孝和与王知微单是这么远眺风木坳就已经感到惊心动魄了，之前一路走来都是磕磕碰碰，勉强到此，而风木坳看上去就像一只马鞍，可以看到一条小路从山这头翻过坳口去。那条小路就像一条挂在崖壁上的飘带，摇摆飘零。

王知微说，孝和，赶紧把相机拿出来拍个照片，我现在根本不相信我能翻过这个坳口，等我征服它，好歹有个存照作证。

杜孝和从行李包里把相机找出来，以风木坳为背景替王知微拍了一张照片。他说，女勇士，照片已经拍了，下面我们征服去吧！

为征服风木坳，俩人几乎是四肢着地爬行，不知道又摔了多少次跟斗，这时他俩已经看不出半点斯文，衣裤上上下下剐破蹭烂，手脚脸面沾满黄泥。杜孝和自我解嘲说，原来斯文扫地的出处在这啊！有一次王知微下滑幅度过大，直往下滑冲，要不是莫英谷在后面挡了一下，差点就翻下山坳。

王知微吓得脸色泛白，趴了好一会儿才敢重新站起来。她说，孝和，看来那个龙卡大伯说的也是实话啊，这一段路，我们只要稍微一个不留神，摔下去不死也得重伤。我现在已经不能往下看了，一看腿就软，只能是头也不回地往上爬了。

杜孝和说，要不是自己亲自来爬一爬，任谁说险都是不信的。不过，咱们以后是有资本谈爬山的经历了。

王知微说，看来这是唯一的好处了，你走我后边，如果我再往下滑，你得抓住我。杜孝和说，你放心，我就在你后面，随时像一块石头一样挡住你。

挑夫们却像是没有太多负担似的，很快就到达坳口，在低平处放下担子等他们。

杜孝和说，我现在怀疑蜀道会比这难吗？以后我得专门写一篇文章，叫《瑶山的挑夫》，感觉他们每一个人都有走钢丝的技能，走哪都如履平地。

王知微说，我就恨不得变成他们挑的担子，现在已经可以在坳口上休息了。

杜孝和说，你现在还能这么幽默，这叫革命的浪漫主义。

俩人互相鼓励着，总算在太阳刚落山时翻过山坳。

过了风木坳离目的地王巷乡的王巷村还有几里路，从高处可以将整个王巷村尽收眼底。王巷村绿树环抱，整个村中却好像只有一棵大树，村子四周筑有高墙，有一处估计是入口的地方建有一个门楼。

莫英谷介绍说，这王巷村是王巷乡最大的一个村落，住有二十多户人家，一百多人。

杜孝和说，村子建这样的围墙是为了防匪患吧？

莫英谷说，正是，不过，这王巷村土匪轻易是不敢来犯的。王巷村是个出人才的地方，大瑶山首屈一指的抗匪头人蓝公布就是这个村的，可惜他前年去世了。你们这次来就住在他儿子蓝朝堂的家，蓝朝堂现在是村长。

杜孝和一听，对蓝公布这人产生了极大兴趣，让莫英谷给详细介绍介绍。

说起蓝公布，莫英谷的话匣子打开了。听莫英谷的口气，他对蓝公布其人也是佩服得要紧。

蓝公布生于清同治六年，读过私塾，认识一些汉字，不仅会讲白话、壮话，还会讲坳瑶话、山子瑶话及盘瑶话，有极好的口才。为人豪爽，一身胆气，智勇双全。晚清光绪年间，多股三点会[①]势力沦为土匪窜入大瑶山建立据点。清廷广西右江镇总兵李国治奉命进入大瑶山镇压三点会，传檄周围各县协同会剿。象县总兵白有禄率领一队官兵由千丈村进入王巷一带，指名要王巷乡的石牌头人蓝公布出山迎接官军，蓝公布便"起石牌[②]"配合官兵围剿盘踞在圣堂山上的一股三点会势力，大获全胜。事后，蓝公布获清朝五品军功花翎顶戴，被推举为王巷团团总。

莫英谷说，王巷村这些围墙就是蓝公布带领村民建起来的，早些年曾有不少土匪企图攻村，全被打败了。

如此一个传奇人物，杜孝和好生遗憾未能见上一面。他说，如果能见到公布老人，我们可以收集许多宝贵的资料呢，太可惜了，这么个老人不在了。

莫英谷说，也不遗憾，公布老人的儿子蓝朝堂应该也可以给你们提供很大的帮助，他是花蓝瑶至今为止学历最高的人，他不仅读过五年私塾，前几年又被选送到南宁的特种师资养成所[③]念书，所以汉化很深，能说通顺的官话。当年有一个传教士到瑶山，蓝朝堂还信奉了基督教，曾经到桂林去受洗礼。这个人武的比不了他老子，文的还行，现在他还担任王巷乡

① 三点会，清朝民间秘密结社组织。鸦片战争之后，各地反清斗争兴起。咸丰年间，在黄履恭、黄殿元等人带领下，海陆丰地区人民秘密组织成立了三点会。

② 石牌，指石牌制，存在于广西金秀大瑶山和贵州荔波等瑶山地区的政治组织形式，即把一些经过大家共同议定的维护生产和社会秩序的原则，订成若干具体条规，刻在石碑上，立于公共场所，要求全体寨民遵守。又叫石牌律法。

③ 特种师资养成所是广西省政府为"开化"特种民族和推行《广西苗瑶民户编制通例》办的培训班，学员大多是苗、瑶、侗、毛南、仫佬等特种民族，他们结业回去后大多担任乡长、村长或小学教师。

化瑶小学的校长，这也是县政府安排你们住在他家的原因。

说话间，一行人走到王巷村口，远远地可以看到村口门楼上边坐着两个人，那两人看到来人了赶紧从门楼上下来，打开村门迎上来。前来迎接杜孝和他们的正是王巷村村长蓝朝堂及其儿子蓝石林。

蓝朝堂四十多岁的年纪，没有留着和瑶人一样的头发，头发剪短了，穿着广西公务人员的灰布制服，简直看不出他是个瑶人了。而他身边的儿子蓝石林，十一二岁的年纪，却是正统的瑶家打扮，一身蓝靛染制的土布衣服，盘着头发，腿上打绑腿，脚上穿一双草绳编的鞋子。

蓝朝堂走起路来一拐一拐，有一只脚是瘸的。莫英谷凑到杜孝和耳边小声说，被人放黑枪打坏的。

莫英谷的话让杜孝和有些惊愕，但他未来得及问清楚原因。

蓝朝堂上前和杜孝和王知微分别握了手，在莫英谷的指导下，分别称他们为杜先生和王先生，他说，欢迎你们到王巷来。

杜孝和夸蓝朝堂汉话说得好。蓝朝堂谦虚地说，您听得懂就好。

莫英谷说，蓝家还有一个姑娘，那个姑娘汉话说得也不赖，人长得更不赖。

蓝朝堂掩不住一脸骄傲，大声说，杜先生住我家是最合适的，我家里人听得懂你们说话，方便。

蓝石林个头瘦瘦小小，一双眼睛机灵地四下巡视，看上去就像一只林子里的小兽。王知微招呼他过来，手边也没什么能给孩子的，除了一包止呕的梅脯。她把梅脯塞蓝石林手里，蓝石林拿一枚放嘴里，一嚼眉头就皱起来了，想吐出来又觉得不妥，生生咽了下去。王知微看他的囧样，忍不住笑了。

一进村，立时看到村口站满了人，他们全聚拢在村中唯一一棵大树下，这棵树看起来有上百年了，盘根错节，树冠开阔，将整个门楼都遮住了。树下摆了几块类似神台的石板和石柱，石头前面有经常供奉香火的遗迹。村民们嘻嘻哈哈，孩子们互相追逐。一些看起来上了年纪的老人拄着拐杖都出来瞧热闹了。几个姑娘站在人群中交头接耳，遮遮掩掩似乎不敢正眼瞧人。未出嫁的女孩跟在山路上看到的妇女发型不一样，她们梳两条辫子，交叉盘在前额。在人群中，一个穿着和其他姑娘没有太多区别的姑娘把王知微的眼睛闪亮了，她没办法不看到她。姑娘的皮肤并不白皙，眼睛也不十分大，举手投足、一颦一笑却灵动得让王知微暗暗赞叹，只有这与世隔绝的山间才能生长出如此出尘脱俗的美人，对了，用空谷幽兰这个词来形容最合适。王知微心里笑自己，如果自己是一个男人，眼下早已失态，落在他人眼里是如假包换的一个登徒子。

蓝石林扯扯王知微的衣袖说，那是我姐。顺着孩子手指指的方向，王知微看到他指的正是那个让她注目的姑娘。

王知微说，你姐是个大美人。

蓝石林的汉话似乎不够用了，对大美人这个词不能理解。王知微看他的表情马上换了一个词，你姐姐长得跟花一样。这下蓝石林听明白了，开心地咧开嘴笑了。

蓝朝堂大声说，村里人都知道今天有贵客来，出来迎客了。

杜孝和、王知微向大家挥手示意。在村民的簇拥下，他们朝蓝朝堂家走去。

放眼看过去，村里的房子大多简易得很，屋子四周用木头打桩，墙体由黄泥混合石头或稻草围起，上面盖的多是树皮或茅草。蓝朝堂家打的地基很高，门前又有一块空地，光这一点就显得鹤立鸡群。何况它还用石板做台阶，墙体虽然也是黄泥混着石头打成墙，但墙面打磨得相当平整，而且还用上了瓦顶。看得出这一幢房子分两个部分，左边的房子像是右边的附属。果然，蓝朝堂指着左边的房屋说，杜先生你们就住那个屋，那是我给石林将来娶媳妇用的新房子，让你们先住了。

王知微听到这一句，赶紧搜寻蓝石林，想逗他两句。而蓝石林刚听他爸开个头，已经飞一般地窜进屋里去了。

蓝家有两扇大门，一左一右并排着，一扇紧闭，而一扇大开着。蓝朝堂向客人介绍说，这是我们瑶家特色阴阳门，平时只走阳门，只有做法事的时候才走阴门。他将客人引向敞开的大门，又回身招呼刚才在村口迎客的村民们，大家都进屋吧。

蓝朝堂的屋子已经汉化了，正屋分成三间，用墙隔开，其他花蓝瑶都是一间大屋不隔间的。堂屋东南角是火塘，火塘边摆满了圆圆的小木墩，大家围着火塘坐下，杜孝和和王知微被请到上座。蓝朝堂喊了一声，美凤，还不赶紧上茶水。只见刚才那个美人笑着从屋外跑进来，她身后还跟了另外一个年纪相仿的姑娘。她们取了茶碗，把火塘上早已煮沸的茶水倒入碗中，首先给杜孝和他们敬上。

蓝朝堂指着蓝美凤说，这是我家姑娘蓝美凤，她妈身体不好，三天有两天在床上躺着，她能当半个家，以后我不在家你们有什么事就找她。

听父亲说这话，蓝美凤看着杜孝和他们羞涩地笑了。

屋子里没有多少张椅子，小木墩不够坐，大部分人是蹲着或站着的。杜孝和仔细打量这些瑶胞才发现，他们手里都拿了东西，几乎没有人是空手的。蓝美凤拿出两只筐子放到地上，大家便把带来的东西倒进筐子里，一只筐子倒进去的全是大米，而另一只筐子倒进去的是各种猎物和山珍。

蓝朝堂说，村子里的人知道今天来客了，带礼物来问候。客人进村的饭食是由各家各户供给的，这是我们瑶家的习俗，来的都是客。

杜孝和知道这瑶山人的大米是很珍贵的，见有客人来，家家都把好东西拿出来，这哪里是外边人口中传说的什么野人居住地，分明是个民风淳朴的礼仪之地嘛。

说话间，门外传来一个粗犷的声音，不会没等我来你们就喝上了吧？一个汉子哈哈笑着，一边大声说话一边走进屋里。此人看上去不到三十岁，身材高大，留了胡子，皮肤黝黑，耳朵上还挂了银耳环，身上交叉背着一把火铳和一把弓箭，腰间缠有一只兽皮袋子，装饰着五彩羽毛。

莫英谷认出了来人，大声说，阿行，你现在才到啊，客人来了，你准备了什么好山货没有？

蓝君行走到火塘边，把右肩上扛的一件东西扔下，原来是一只有二十来斤的麝。

莫英谷连忙起身上前翻看，嘴里嚷嚷，好东西，好东西，哎呀，我有口福了。

蓝君行走到火塘边跟蓝朝堂打招呼，叫了一声叔。他说，我听说今天有贵客到家来，一早就上山了，打个新鲜的野味回来让大家尝一尝。

蓝朝堂向杜孝和他们介绍说，他叫蓝君行，我侄儿，我大哥去得早，他等于我半个儿了。你们叫他阿行就可以了。

蓝君行向杜孝和他们微微鞠躬问好。

莫英谷拉着蓝君行坐下说，杜先生，这阿行是瑶山最牛鬼[①] 的猎人，如果你们有空去他家，会看到他家墙上有一张虎皮，那是阿行和他爸一块上山打的，当年他才十八岁。蓝家每代人都打过老虎，那只虎是他们打过的最大的一只，好像有三四百斤重吧？不少人想出钱将皮子收了，可无论谁出多少钱阿行也是不卖的，对不对啊？

听到别人对他的赞扬，蓝君行得意地咧开嘴笑了，露出一嘴被烟熏黄的牙齿。

杜孝和认不得那只兽，问，这是什么兽？

蓝君行说，麝香你知道不？就是这畜生的卵蛋。

---

① 牛鬼，广西方言，很厉害的意思。

话虽然说得粗俗，但杜孝和听懂了。他说，你也能说汉话呢？

蓝君行说，能说几句，不多。

莫英谷说，他经常出去卖山货，能讲些汉话。

杜孝和说，这里山上野兽很多吧？

莫英谷抢着说，山高林密的，太多了，瑶人家里的用钱有一部分就出在这些猎物上了。

蓝君行说，有时候根本用不着上山，冬天野猪经常跑下寨子来找吃的。

杜孝和说，那我是不是也要配把箭，学一学怎么打猎才行啊？

蓝君行笑着说，看杜先生这副斯文样子，还没等你打下猎物来，早被它吃下肚了。

大家哈哈笑起来。

蓝君行说，那只麝我要亲自去弄才行，要多放点八角薄荷让它入味。

莫英谷说，赶紧去，炖久点，肉烂了好吃。

蓝君行说，炖不烂一样抢光。

莫英谷呵呵笑着说，那倒也是，从来没剩过。

屋里人像过节一样聊天谈笑，空气中飘逸着浓郁的肉香、菜香。天暗了，屋里开始点上灯，只燃了一盏小油灯，平时估计也很少点，因为油稀罕。蓝美凤又燃了几根松木条，松木条插铁丝结的网上，松脂时不时吱吱炸响，散发出一种让人能想到年景的香气。

融融一室，主客欢笑。

煮好的白米饭和大大小小各种碗盛的肉菜堆满了火塘边的方桌。蓝美凤提着几只葫芦，隔几个人放上一只。杜孝和猜想那葫芦里装的是酒。果不其然，一家之主蓝朝堂打开一只葫芦的塞子，把酒水倒到杜孝和跟前的碗里，依次又给王知微、莫英谷倒上。其他的人都各取所需，自己倒上了。

看蓝朝堂举起碗，杜孝和赶紧说，我不会喝酒。

蓝朝堂说，这是迎客酒，进门的客人都得喝。蓝朝堂把手中的碗与杜孝和的碗相碰，仰起头一口干了。杜孝和为难地皱起眉。

蓝朝堂说，这酒实打实是用苞谷熬出来的，杜先生你千万不要皱眉头，我平时都不舍得喝的。

在来之前吴先生就跟杜孝和说了，少数民族地区，生性豪爽，这酒就是一关，让他尽量入乡随俗。杜孝和硬起头皮喝了一碗，好在那酒不是特别辛辣，还有一股淡淡的米香味。

蓝朝堂又走到王知微跟前说，王先生，你是有文化的人，能来我们瑶寨，我敬佩得很，请喝一杯。

王知微虽说也没有喝过酒，但大大方方地与蓝朝堂干了。蓝朝堂伸出大拇指说，比杜先生更豪爽啊。他满意地敬下一个去了。

莫英谷一边忙着往嘴里塞肉，一边跟杜孝和夫妻俩介绍桌上的各种菜肴，除了蓝君行打的麝肉，还有鸟酢、白鹇鸟干、飞狸、芒鼠、蜂蛹，很多东西杜孝和他们都是闻所未闻的。作为专业收集资料的工作者，求知欲强，他们一边吃，一边还用心记下这些食物的名称。

蓝君行的酒量可是让杜孝和开了眼界，每次都是一口气整一碗，当喝水一样。他自己豪爽还不算，非拉着杜孝和也要一碗一碗地整。蓝朝堂说，阿行，你是野人，杜先生是文化人，跟你搞这套。蓝君行说，又不是天天搞，今天这么多好菜，要喝酒才吃得尽兴。杜孝和拗不过，跟阿行喝了三四碗。村民看阿行让杜先生喝了这么多，也纷纷上前敬酒。杜孝和喝到后边都不知道自己是谁了，全是来者不拒。

这一晚可谓酒足饭饱，连那些一同进山的轿夫挑夫们都吃得油光满面，喝得人仰马翻。蓝美凤忙着给众人添饭添酒，看大家吃得差不多了，她拿着一根燃着的松木条走过来对王知微说，王先生，我先带你过去看房子。

出大门往左拐，进了屋蓝美凤把松木条插到木架上，屋子亮起来。王知微看到他们带来的行李都已经放在屋正中。这屋子果然没有人住过，屋顶干净，没有一丝黑灰，灶台在东南角，床布置在靠窗的西边。

蓝美凤说，莫科长交代了，你们和我们生活习惯不同，分开住，分开吃，这屋里有床有灶台，正合适了。

蓝美凤帮王知微收拾了一下行李，首先打开一只行李箱，把蚊帐和被褥等取出来布置好。没一会儿，有人把已经醉翻的杜孝和扛过来。杜孝和被撂到床上，嘴里发出呼呼的轻鼾。王知微说，他根本不会喝酒，今晚一来就喝了这么多。

蓝美凤说，杜先生老实，谁敬都喝。

王知微想让蓝美凤坐坐聊两句。四下看看，屋子里只给他们准备了一张桌子，没有多余出来的凳子。

蓝美凤也发现这个问题了，她说，王先生，我这脑子就是不够用，你们两个人我应该给你们准备两张凳子的，明天一定有了。

王知微说，不急，不急。美凤你多大了？

蓝美凤说，我十七了。

王知微说，我比你大五岁，以后不要叫我王先生了，就叫我姐姐吧。

蓝美凤高高兴兴叫了一声阿姐，然后说，阿姐，你们先休息吧。王知微点点头。蓝美凤出去的时候把门带上了。

这是杜孝和小两口从北平出发以来睡得最安稳的一个晚上。

杜孝和觉得自己被罩在一片月光里，身体像在水上漂，晃晃悠悠漂了很久。他面朝着天空，看到满天的星光和一轮金黄的满月，他感慨，这是世外桃源吗？真想一直这么漂下去。这时候，他听到有人在水边伐木的声音，他努力寻找声音的来源，寻找那伐木之人，这么执着着，人突然就醒了。原来一直在梦中，醒来耳边仍然是伐木的霍霍声。

王知微还在熟睡中，脸上带着浅浅的笑容，她应该也在另一个梦中畅游吧。杜孝和替妻子掖了掖被单，穿衣下床，循伐木声走到门外。

蓝美凤在自家屋檐下舂米。姑娘笑盈盈的，脚下每一次踏动碓马，都引发一次闷钝的撞击声，人却像是在跳舞。

看到杜孝和，蓝美凤说，杜先生，吵到你们了？

杜孝和说，昨晚睡得早，也该起了。你这是在舂米吧？

蓝美凤说，是啊，我们这里每家每户都是早起捶谷舂米的。

杜孝和说，为什么不在谷子晒干后一次性脱壳呢？

蓝美凤说，我们瑶山地少，种出来的稻谷也少，为了好保存，都是把谷子扎成一把把晒了存起来，每天吃多少就舂多少。昨晚上我把禾把放火塘边上烘着，早上舂很容易就脱壳了。

杜孝和看碓窝里的谷粒大部分已经脱了壳，白白净净，散发着新鲜好闻的味道。他说，感觉这样现舂煮出来的饭更香呢。他要求也要试一试舂米。蓝美凤让开去，杜孝和小心翼翼踏上碓马，用力一踏，发现并没有想象的那么轻松。这两天走了不少山路，小腿肚子发酸，踏上几分钟就感觉吃力了，碓窝发出无节奏的撞击声。他怕把米舂碎了，赶紧跳下来说，舂不动了，看你踏得轻轻巧巧的。

蓝美凤说，踩熟了就不累，跟走路一样。姑娘一边说一边又像跳舞般地踩动碓马。她身边的地上还放着扫帚、竹筐、簸箕等物件。而此时，远处青翠的山峦跑马一样掠过层层的白雾，好一幅至美之景。

杜孝和马上跑回屋取照相机，他半蹲下来，给正在舂米的蓝美凤拍了一张照片，将周围的景致也摄到照片中了。他说，美凤，头稍稍转过来看我，来，笑，笑，笑。他又拍了两张。

蓝美凤吃了一惊说，杜先生，你刚才对准我的那个黑盒子是什么？

杜孝和说，这叫照相机，可以把你的样子留下来。

蓝美凤竟然听懂了，她说，像画下来一样吗？

轮到杜孝和吃惊了，你知道画画？

蓝美凤说，我不会画，石林会，他画得可好了，鸟啊，狗啊，牛啊，这些房子啊，他画得很像的。还有，我衣服上挑的这些花边，花样都是依着他描的图绣出来的。

杜孝和说，真的？把他画的东西给我看看。

蓝美凤说，好的，我都存着呢，等一下就拿给你看。杜先生，这照相机把我画下来的样子，我可以看得到吗？

杜孝和说，当然可以，等照片洗出来就可以看了。不过，我得把胶卷带回北平去才能洗出来，到时候多冲洗一张送你。

蓝美凤脸上露出了遗憾，那不知道要等到什么时候了。

杜孝和笑了，你放心，照片一定让你看到的。

米舂好，灶上的水也开了，新舂好的米不用洗，把糠壳筛去直接下锅煮。蓝美凤熬的是一大锅粥，另外还煮了一锅米饭。

粥熬好，蓝朝堂刚起床。蓝石林从后门进来，弓着背，背上一大筐猪草，猪草把筐和人都淹没了。

杜孝和上前帮石林把筐卸下，看到石林一身被汗水湿透了。他说，石林，赶紧擦擦汗，这么一大早你就把猪草打回来了，是几点上的山啊？

蓝石林一边擦汗一边有些不好意思地说，不知道，反正出门的时候天上还挂着月亮。

蓝美凤把粥碗摆到桌上，让杜孝和去请王知微一起过来吃。杜孝和想这初来乍到的，生火做饭不容易，也就不客气，把王知微叫过来了。他们过来的时候，蓝朝堂已经坐在桌边，桌边还多了一个中年妇女，看起来年纪比蓝朝堂要大上几岁，脸色苍白得吓人，身形瘦弱得随时要倒下去的样子，看长相应该是蓝美凤的母亲。果然，那妇女站起身来跟他们打招呼，说的是瑶话。蓝朝堂说，这是我老婆，身体不好，平时很少出门，她不会说汉话，刚才她是招呼你们坐下吃早饭。

杜孝和和王知微坐到桌边。王知微问蓝朝堂，蓝村长，美凤妈得的什么病？

蓝朝堂似乎不太想回答，过了好一会儿才闷闷地回了一句，女人病。

王知微转向杜孝和说，孝和，你找个时间给美凤妈看看病吧。

杜孝和说，蓝村长，我学过医，等会儿我给美凤妈看看。

蓝朝堂皱着眉头说，美凤妈这个病，难了！

听蓝朝堂这么说，气氛就有些凝重了。

正好蓝美凤从屋角几只瓦坛里捞了些小菜出来，摆了好几碟放桌上，美凤介绍说一碟是酸菜，一碟是鱼鲊，一碟是鸟酢。蓝朝堂招呼大家吃，美凤妈拿了一只碗躲灶台边吃去了，王知微怎么唤也不过来。蓝朝堂说，我们这里女人是不能上桌吃饭的，你随她了。

王知微喜欢吃酸菜，却被那鱼鲊腥得快吐了。

杜孝和一贯喜欢吃鱼，细细品着鱼鲊说，这鱼骨头全酥了，吃起来有一种特别的香味呢。

蓝朝堂笑着说，王先生，这鱼鲊外头人第一次吃会觉得腥，再吃几次就会觉得是美味了。

杜孝和说，我听说瑶家人菜呀肉呀都喜欢腌制起来慢慢吃。

蓝朝堂说，是啊，穷惯了，有好东西存起来慢慢吃，省着吃，不敢一下子搞光了。

杜孝和、王知微听蓝朝堂这么说话，都笑了起来。蓝朝堂应该是个很幽默的人，可平时看上去一副心事重重的样子。

蓝朝堂吃完起身，用芭蕉叶包了一包饭出门。他说，杜先生、王先生你们慢慢吃，我要进山打猎，马上就要秋收了，肚子不能少了油水。

蓝石林也随他爸，包了一包饭，背了一只布袋要出门。杜孝和问他是不是去上学，蓝石林说他不念书，他是要出去寻蜂窝。

杜孝和说，你没上学？

蓝石林说，我爸说上学没用。说着他跑出门了。

王知微说，奇怪，蓝村长是瑶人中学历最高的，会说上学没用？自己儿子反倒不让上学了。

蓝美凤拎了一篮子菜过来说，石林以前在阿爸教的化瑶小学上了一段时间的学，去年化瑶小学关闭后，也就没处学了。

杜孝和说，我听莫科长介绍说，这王巷乡的化瑶小学是服务周边几个村的，怎么关闭了？

蓝美凤说，这是全瑶总石牌大会决定的，大家都说办化瑶小学是汉人政府开化我们大瑶山的一个阴谋，要瑶人的后人都服服帖帖地服从汉人。所以，我们都不要去上学了。

杜孝和说，你阿爸是怎么想的呢？

蓝美凤说，我爸一开始不愿意关闭小学，别个来劝他他也不管，别个村的小学都关了，最后只剩我们王巷村，没想到就有人打阿爸的黑枪，腿伤了，阿爸伤心了，就把学校关闭了。

杜孝和偶然了解到蓝朝堂被打黑枪的内幕，原来是和“化瑶”有关系。

杜孝和说，在这大山里边一所小学建起来不容易呢，你阿爸是校长，他肯定舍不得。

蓝美凤说，是啊，我知道我阿爸特别喜欢当老师的，不过阿爸也有自己的烦心事。以前我阿公是团总，阿爸事事不用操心，可阿公走后，阿爸就发现自己什么都不行了，种田不行，打猎不行，政府也不重用他，当个小学校长又被人打黑枪。阿爸腿坏以后人就更不畅快了，总觉得是读书误了他，所以，他现在满口说的是读书没用了，你想，他哪里还会让石林再念书？

杜孝和说，像你阿爸这样通瑶通汉的人很少的，他是个人才呢。

蓝美凤说，杜先生，你说这些我喜欢听，你有空找我阿爸聊聊，宽宽他的心好吗？

杜孝和说，好的，我们来这里主要还得倚仗你阿爸提供资料呢，我们和你爸说说看，不能耽误石林和其他孩子上学了。

蓝美凤说，谢谢杜先生。

王孝和说，美凤，你妈到底得的什么病？

蓝美凤叹了一口气说，先说说我妈这病是怎么得的吧。我原先有个大哥的，比我大五岁，聪明得很，阿公最喜欢他了。大哥十二岁那年和几个伙伴上山打柴火，没想到正碰上几个土匪流窜到这，他们把大哥他们几个绑了当人质，打算来找家里人要赎金，后来不知怎么就知道我阿哥是我阿公的亲孙子，他们对我阿公是又恨又怕，就将我阿哥打死扔在山上。虽然那几个土匪后来被阿公全部追杀，但我阿哥也回不来了。阿妈当时为了安慰阿爸，身体不好又拼着怀了石林，生石林的时候她难产大出血，半条命都快没了。你们刚才也看到了，这么多年来一直病歪歪的，好几次都快不行了。

王知微说，真想不到你家还有这么大的难处呢，如果有什么我们能帮上忙的，你尽管说，你爸是个爱面子的人。

蓝美凤说，谢谢阿姐，阿爸是很爱面子。

杜孝和说，美凤，看来你妈的病应该要用些补气血的药草才好，但我这次下来带的都是西药，对症的药没有。

蓝美凤说，要说草药我妈是吃了一屋子了，也不见有太多起色。蓝美凤手一指屋角，那里堆了几筐的药草。

王知微说，慢慢来，不急，我们都再想想办法。

蓝美凤放下篮子，跑进里屋，拿出一沓画作，有的是画在报纸上，有的是画在纸片上，有的是画在树皮上。她说，先生，这些是石林画的。

杜孝和、王知微接过来看，好不惊讶，那画笔可能用的是炭条，画一头牛、一只狗，连毛都细细画出来。虽然作者没有专业学过，构图上有问题，但看上去，真是画什么像什么。还有一些绣花的画样，各种花纹，上面出现了彩色。

杜孝和在写生作画上是接受过专门训练的，因为很多采风纪实当时还不能完全依靠相机，相机很多时候抓不住细节，还得依靠手中的画笔，所以杜孝和扎扎实实去学过。凭他的经验判断，蓝石林是个山野中无师自通的天才小画家。

王知微说，这些颜色是用花汁来染的吧？

蓝美凤说，姐姐好聪明，是用花来染的，弟弟画画的时候还想着我绣什么颜色好看，就用花汁把他画的图染了色。

王知微说，我闻着有花的香味，石林真是小天才呢。

蓝美凤说，是啊，石林很聪明的，如果能上学一定读得好，不过要像先生一样有出息才好。

杜孝和从画里抽了一两张出来说，可不可以送几张给我？

蓝美凤说，可以的。

杜孝和从画作里挑了几张出来说，我要给教我画画的老师寄去，说不准他看到了要收石林做徒弟呢。

蓝美凤说，真能那样是石林的福气了。

蓝美凤又拎起刚才那篮子菜说，我打了点菜，给你们做午饭的，屋后山上是我们家的菜园子，你们随便去摘。新灶你们可能用不惯，我教你们烧新灶去。

王知微把蓝美凤带回屋。

灶在屋子的东南角，灶边堆了两捆干柴。蓝美凤打开屋的后门说，柴火在屋后还有，你们用完了就去取；水用完了你们把桶放在屋后，我和石林会给你们去挑的。

杜孝和说，过两天你带我到挑水的地方，我自己挑。

蓝美凤说，有半里地远呢，不知道杜先生挑得动吗？

杜孝和说，你看我这么大的个头，不能挑吗？

蓝美凤说，这些活我们做惯了，还是让我们来做吧，你要伤着就不好了。

王知微说，美凤，水还是让杜先生挑吧，我也想让他锻炼一下身子骨，我看瑶山里的人个个精悍，很有力气的样子。

蓝美凤说，阿姐，先不管挑水的事了，我教你烧火吧。

蓝美凤蹲在灶边，用细柴引火，把较粗的柴火码在上面，吹火筒一吹，火苗就往上蹿了。

王知微说，我在家里从小也烧火做饭的，不过我们那的灶比这里高一些，窄一些。王知微往灶上的锅里添了点水说，现在做午饭还早，我先煮些开水。

蓝美凤说，莫科长说了，你们喜欢吃面，我们这里主要吃大米和苞谷，因为田少，米不够吃，得混着吃，我长这么大还没吃过面呢。

王知微说，那午饭我就煮个面，让你尝一尝好不好？

蓝美凤拍着手说，好啊，尝尝姐姐的手艺。

杜孝和说，美凤，你汉话怎么说得这么好，都是你爸教的吗？

蓝美凤说，我爸他才懒得教我一个女娃子呢，是我从小身体不好，拜了一个汉人做寄爹，寄爹是个草医，有好几年都是住在寄爹家里，所以我才学会说汉话的。后来我妈身体不好，我没事也经常去寄爹家讨方子、讨药，这么来来往往的，就能说一口汉话了。

王知微说，以后我请你当我老师好不好，就是请你专门教我瑶话。

蓝美凤摆摆手说，我哪里可以当老师，我连字都不会写呢。

王知微说，字我教你写，你教我说瑶话。

蓝美凤高兴地说，这样好，好的。

王知微说，吃饭用瑶话怎么说？

蓝美凤说，囊括。

王知微认认真真地学着，囊括，囊括。又问，吃菜怎么说？

蓝美凤说，囊夜。

王知微念念有词。蓝美凤说，阿姐，我一起告诉你吧，喝酒是火作，吃肉是囊盖。你学会这几个词，基本上就可以跟外人聊天了。

王知微说，美凤，你怎么都说吃的？你是不是肚子饿了？

蓝美凤说，是的，阿姐，我就想吃你家的面条呢。

王知微说，那我现在马上就煮，你等着啊。

蓝美凤很感兴趣那面条为什么是又直又硬的，扔到水里一煮就变软了。王知微在面里打了两只鸡蛋，还放了一些青菜，重头戏是后边放的两勺子猪油，这面汤的香气马上扬起来了。蓝美凤毫不掩饰地吞着口水。王知微给她盛了满满一大碗。蓝美凤看王知微和杜孝和碗里的面都比她的少，有点不好意思了，说，我这一顿比你们两个都吃得要多，如果天天来做客，可能不出几天就把你们带来的口粮吃光了。

杜孝和笑着说，美凤现在是我们的瑶话老师，老师要先吃饱了，学生才能吃的，你就不用客气了。

蓝美凤看着碗里的面，拾起筷子说，这么香，我先吃了再说，以后坚决不吃了。

听她这么说，杜孝和和王知微忍不住笑了。

晚饭过后，杜孝和和王知微用刚学会的几句瑶话出去拜访村里人。他们准备明天给大家做体检。在他们的研究课题里，这是很重要的一项内容，通过测量人体的身高、体重、头围等数据，来推论瑶民的来源，再进一步研究民族扩张、迁移之大势及各族分布交融同化的概况。

晚饭过后村子里有一段时间是比较热闹的，孩子们会跑到外边玩，大人们也会走动走动。看到老人家他们问一句“吃过饭了吗”，看到女人带着孩子，他们问一句“孩子多大了”。

王知微特地把蓝美凤带到身边，对方搭腔他们听不懂的，蓝美凤马上给翻译。他们一家家拜访过去，通知明天他们会上门给大家做个体检。要把这个体检解释清楚可不太容易，这里的人谁也没有在意过体重，测量过身高，说要给他们测这个，都一副茫然的样子。

第二天杜孝和、王知微带着体检工具出门，首先去的是离蓝朝堂家最近的蓝君行家。

蓝君行走到门口迎客。一进蓝君行家大门，果然首先看到正墙上挂着一张色彩斑斓的虎皮。

杜孝和说，阿行，这张皮上一个枪眼也看不到，你当时是怎么把老虎打死的？

蓝君行自豪地说，打眼睛呗！当年我阿爸发现这只老虎的足迹，先在林子里边装了陷阱，我们在陷阱附近守了很多天，老虎才现身。我阿爸让我只能打老虎的眼睛，我打右眼的同时阿爸打左眼，老虎两只眼睛都被打坏了，但还是疯得很，我们把它往陷阱的方向引，它看不到就掉陷阱里边，这才把它给拿住了……

杜孝和一边听蓝君行讲他的英雄事迹，一边给他做体检。别看蓝君行人挺豪爽，体检起来还是有些排斥，一会儿说“量我的头干什么，我的头够大吗”，一会儿又说“称我干什么，我又不是猪”“脚板也要量啊，我好几天没洗脚了”。王知微很多时候都被他逗笑了，她说，阿行，你一个大男人，不会怕量吧？蓝君行说，你们拿这东西又不是刀，我怕什么？

虽然话多，但人还算配合。

蓝君行一家四口，两个大人两个孩子。王知微给蓝君行的老婆相秀妹做了体检，然后再测孩子的。测完他们全家后，给孩子们发了几颗糖，再往下一家走。蓝君行带着孩子像看热闹一样也跟着去了。

这下一家是盘士暖家，盘士暖不在家，他的女人带着孩子朝杜孝和他们一直摆手，拒绝测量。杜孝和怀疑是自己解释得不够清楚，又跑去把蓝美凤找来。蓝美凤过来帮着解释了半天人家就是不同意。有了这么一个不配合的，后来到其他家都不配合了。有的人家干脆把门关起来。即便是大门敞开的，也都是摇头摆手不愿意体检。一天弄下来，全村总共只体检了十二个人。

莫英谷是一直陪伴着杜孝和他们的，看村民不配合，出言威吓了几句，嚷着，这是政府的任务，不配合改天罚你们出钱出苦力啊！

杜孝和一听不对了，这莫英谷小官僚的语气都出来了。他赶紧制止说，大家不愿意检肯定是有原因的，我们先弄清楚，千万别把关系弄僵了。

莫英谷听杜孝和这么说，脸上有点挂不住，找个借口回屋睡觉去了。

午饭时间到了，杜孝和和王知微完全没心情做饭吃饭，他们弄不清楚这里边到底有什么隐情。蓝君行看杜孝和他们遇上困难，仗义地挺身而出。其实他本来也不很乐意被量来量去，现在变成先进分子了。蓝君行带了老婆孩子在村里边来回逛，碰到人就故意问，你们体检了吗？我们全家都体检了。又或者说，量一量称一称有什么了不得的？杜先生给我们全家都量了。有两三个人似乎是听了蓝君行的话，同意测量了，主动上门让杜孝和他们体检。

蓝君行感觉帮了大忙，问杜孝和，杜先生，这下你可以交差了吧？

杜孝和说，差得远呢，这种数据是采集得越详细，分析研究出来的结果越准确。杜孝和知道这么说也是白说，蓝君行是不会听得明白的。蓝君行虽然听不明白，但侠义心肠在，又跑了好几户人家，同样是告知人家他被量也被测了，没啥了不起的。虽然他是好猎人，但别人在这事情上没有买他的账，不让检还是不让检。

蓝君行回来跟杜孝和发牢骚，这些人，好像让人瞧一瞧身上就少块肉了，死脑壳！

杜孝和反过来安慰蓝君行，说再等一等，说不定过两天大家就能想通了。

杜孝和和王知微没想到刚开始工作就碰上难题，因为蓝朝堂进山打猎没回来，他们寄希望于他回来以后，以村长的身份给大家再做做工作。

两天后蓝朝堂回来了，听杜孝和他们说明情况后就到村子里走了一圈。他回来告诉杜孝和，村民们不让测的原因主要有两个，一是老婆怕男人量了会死的，或者怕孩子量了就不能长高；二是怕量了看他们身体好，把他们带走了，因为以前就有人被抓走去做苦力或当兵的。

原因打听出来杜孝和松了一口气，他说，有这些想法可以理解，那就麻烦村长您去跟大家解释一下，我们这种测量方法对他们是没有任何伤害的，更不会把他们带走。

在杜孝和看来这个事情不大，由本村的村长出面去说明一下就能解决了。可蓝朝堂表现出很为难的样子，他说，我这个村长是虚名哩，在村里讲话没人听的。你说的话我可以帮你们出去跟村民讲，不过讲了也没有人信。

听起来蓝朝堂的话里还有怨气。

王知微说，那他们听谁的？

蓝朝堂说，我也不知道他们听谁的，谁给好处听谁的吧。

杜孝和还想和蓝朝堂多聊两句，蓝朝堂捶着腰杆说，在外边睡了几天石板，腰痛死了，美凤，来，帮阿爸捶捶。杜先生，不好意思，我先睡去了。

杜孝和他们只得告辞。

回到自己屋里，王知微说，我看蓝村长成天心事重重的，家里家外让他烦心的事也够多的了，明天你帮美凤妈做个彻底的身体检查吧，看看到底是有什么病，说不定美凤妈身体好起来，蓝村长的心情也好起来了。这家里有个病人，一家人都很难开心的。

杜孝和说，你不说我也有这个打算，我觉得美凤妈不单单是个生产的后遗症，这两天我们也没事做，明天早上就帮美凤妈做个检查吧。

王知微说，现在我们只能等莫科长一家一户给人做工作，不知道效果如何。

杜孝和说，我们也要适应一下这里的生活，不急。

早上，杜孝和他们吃完早饭，两人到后院洗衣服。秋天的大瑶山，空气清爽微凉，大清晨的，所有植物的叶子都挂满了露水。

王知微指着远处起伏的山峦说，那就是圣堂山了，看上去云深不知处啊。

杜孝和说，蒋生华不是告诉我们那是仙人居住之地了吗？这样的所在自然是远离世俗的。

王知微笑着说，是啊，我们也算是幸运的，能这样亲近仙人之居，每日这样看着也好。

说话间，美凤妈抱着一只木桶出来了，冲他们笑笑，开始蹲下来搓衣服。

王知微说，阿姨洗衣服？

美凤妈听不明白，脸上保持着笑容。

王知微说，一大早的，水冷呢，阿姨，我帮你洗。王知微走过去要帮美凤妈洗衣服。

美凤妈一开始还听不明白，看王知微的举动，理解了她的意思，赶紧从她手上夺下衣服，死活也不让碰，王知微也只能作罢了。

王知微看大屋里没人，估计美凤他们都各自忙活去了。王知微说，孝和，等会儿家里有人了才能给阿姨做检查，没人做翻译不行。

杜孝和说，好的，我们先把衣服晾上，等会儿陪阿姨聊聊天也好。

过一会美凤回来了，背了一筐的豆角和红薯，看到母亲在洗衣服，她卸下背篓，赶紧上前把母亲扶回屋里坐下，自己蹲下来搓洗剩下的衣服，一边洗一边嘴里嘟嘟囔囔地说着话。母亲听了坐在屋里一下一下地抹眼泪。

王知微说，美凤，你是在说妈妈对吧？

蓝美凤说，是啊，早说过不让她碰这些家务，她就是不听，稍微干重点，又得躺床上。

王知微说，妈妈心痛女儿呗。

美凤听这话也抹了眼泪。

王知微说，美凤，等会儿杜先生想给你妈妈检查一下身体，好吗？

蓝美凤点点头说，好啊。

王知微说，我们怕你妈妈听不懂我们说的话，所以一直等你回来呢。

蓝美凤扔下手中的衣服说，不用等了，现在就可以开始了。

王知微笑着喊，孝和，赶快回屋去把你那些宝贝拿来，给美凤妈检查身体了。

杜孝和带了检查器械过来。王知微连比带画地告诉美凤妈，他们要给她检查身体。美凤也在一旁解释给阿妈听。这美凤妈虽然人身体不好，但心很灵透，安安静静躺到床上让杜孝和检查。杜孝和一边检查，一边细细询问，美凤协助母亲回答。

杜孝和说，美凤，你妈妈有严重的贫血还有甲亢。杜孝和把这些病症用美凤能理解的词汇简要解释了一番。他说，这些问题都可以解决，但需要时间，这个治甲亢的药应该在南宁能买到，要是买不到我写信到北平托人帮买，只不过寄过来在路上要花些时间。贫血主要靠平时吃的食物来调理，多让你妈妈吃些动物的内脏，像猪肝鸡肝这样的东西是最好的。你们这里好像没有种菠菜，如果弄到点菠菜回来种，经常吃也不错的……

蓝美凤频频点头，表示记下来了。

杜孝和让美凤把经常给她母亲煮的药草停了，他说，先把主要问题解决了，进补才有效。

蓝美凤二话没说，直接到后院把放养的鸡捉了一只回来，麻麻利利杀了，先将鸡血和鸡肝煮了一碗汤，端上来给母亲。

美凤妈心痛那只鸡，斥责美凤浪费，碗放在火塘边舍不得吃。美凤冲母亲说了一通话，意思是鸡吃完了再养，没有什么可惜的。她端起碗拿勺子喂母亲，母亲不愿意让她喂，不情不愿接过碗自己吃了。

杜孝和对美凤妈伸出大拇指，夸奖美凤孝顺。美凤妈既欣慰又难过，感觉是自己的病拖累了家人。

这时莫英谷进屋来了，一身的烟草味。他早上去村里转了转，动员村民配合杜孝和的工作，看他的脸色就知道事情不顺利。莫英谷喝了一瓢水下肚，嚷道，这王巷看来是选错了，这里的瑶民怎么就说不通呢？检查身体这么小的一个事情，就给你摇头，摇头，我带来的烟发完了也没有用。

杜孝和说，那我们再静观其变吧，莫科长你休息休息。

莫英谷鼻子灵，嗅了嗅说，美凤，你家杀鸡了？

蓝美凤说，是啊，莫科长，等会儿在我家吃午饭吧。

莫英谷说，好的，好的。

杜孝和说，莫科长，吃完午饭有个事得麻烦你，美凤妈的病得买些药，估计象县不一定买得到，你可以托人到南宁买吗？

莫科长说，如果我回象县就让人去南宁买，只要说是您要的，可以派专人上南宁去买的。

杜孝和说，莫科长，县里派你下来陪我们，这几个月辛苦你了，但我想你也不用一直都待在这里，隔上半个月一个月的，你可以回县里看看家人，顺便也可以帮我们带点东西进来。

莫英谷脸上露出喜色说，杜先生，那就谢谢你了，我老婆刚给我生了个儿子，家里事情多，我也想那孩子，能经常回去看看他们我求之不得呢。

杜孝和说，行，等过几天我们的工作有进展以后，你就可以回去一趟，主要就是帮美凤妈带药回来。

莫英谷说，您这么好说话，我也没有什么说的了，反正只要你们有需要，我就效劳，就是跑跑腿嘛。

黄昏时分，王知微在屋子里做饭，杜孝和在整理资料。他们听到类似鞭炮的响声从村口方向传来，听得不真切。

杜孝和说，有人点鞭炮？

王知微说，是火铳声吧？

声音稀稀拉拉地响着，随着这响声还有孩子们大声喧哗的声音，声音越来越近，竟是从蓝朝堂家的方向来的。

王知微用抹布擦了一把手说，看热闹去。

杜孝和笑着说，去吧，这里难得有这么大的动静。

一个模样很英武的青年男子被孩子们簇拥着过来。这男子虽是瑶家人打扮，但脚上穿的是皮鞋，手腕上还戴了块手表。王知微看那手表，吃惊不小，这不说是在瑶山，就是在大城市，也没几个人戴得起。男子身后跟着一个挑夫，挑筐里面满满的，看上去分量不轻。男子一边走一边从口袋里取出一个小炮仗，用手中的香烟点着，往空中一扔，炸响后他拍拍手说，就这几只，没有了。除了蓝石林，其他孩子悻悻然散去。

这男子拉着蓝石林的手，把一包东西往他手上一塞，说，剩下的全给你了，你姐呢？

蓝石林说，好像在芳根姐家。

权芳根是村上和蓝美凤最要好的姐妹，从小一块长大，没事俩人就在一块。

王知微站在门外，小伙子经过的时候站住了，他冲王知微点了点头说，你好，等下到家来吃晚饭哦。他手指的是蓝朝堂家的大门。

王知微也点点头说，谢谢了，晚饭我们已经做了。

小伙子说，那吃完饭过来喝茶了。

王知微说，好的，好的。

男子说完走进蓝家大门。

王知微兴奋地跑回屋里跟杜孝和说，刚才有个瑶族小伙子说的汉话不错呢，他好像是美凤家的客人，还邀我们晚上过去喝茶，晚上我要带笔记本过去，多问他一些问题，看样子这人见过世面呢。王知微像发现了新大陆那样惊喜，她一心全系在收集资料上，碰到个会汉话的瑶人就高兴得很。

在这一带，他们收集资料主要的采访对象是蓝朝堂，不仅因为他会说官话，还因为他在外边上过学堂，受过正规教育，能说出比较有价值的东西。一般采访蓝朝堂的任务由王知微来完成，因为蓝朝堂好像不是特别好“采访”，很多瑶家人的习俗，他们发现他不想跟外人提起，经常装傻，装听不懂他们的提问。王知微作为一个女性，善于察言观色，善于引导，想问一个事情，经常先将自己的情况摆出来，例如说，我们那边要结婚的男女是这样这样的，先引起蓝朝堂的兴趣，再引出他的话头，让他谈出瑶家人的情况。就靠这么一点点地询问，见缝插针地打探，王知微收集到了许多宝贵的资料，所以一有别的采访渠道，她当然兴奋。

看王知微像小女孩般欢呼雀跃，杜孝和提醒她，我好像闻到饭煳的味道了。

王知微“妈呀”叫了一声，奔到灶边掀开锅盖说，你今晚上要吃煳饭了。

杜孝和说，反正晚上有人邀请喝茶了，还算有点弥补。

小伙子让挑夫把带到蓝家的东西挑进堂屋放下，家里除了蓝石林没有别人，他让蓝石林把饭做上，自己往权芳根家去了。

小伙子叫赵果敢，是总石牌头人赵山河的孙子，住在下古陈村。那附近十二个村寨都尊他爷爷赵山河为头人。政府要给瑶民地区下达什么指示，如果想尽快得到落实，基本上都得联系赵山河。

在大瑶山的石牌时代，所有公共遵守的条律都刻在石板上，对内维护生产、治安，对外防御和抵抗敌对力量侵扰，保障瑶民利益，这也就是石牌的来历。瑶人把石牌看得大过天，石牌上就刻有“律法人人同等，对天地不例外”“没有神仙管不到的鬼，没有石牌管不得的人”这样的公告。在制定石牌或应对重大事件时，需要召开群众大会，杀牲血盟誓，祭祀祖先，石牌条文的产生，则由到会群众商议而定。在石牌条文中，有明确的刑罚规定，轻则罚银，重则处死。偷盗与通匪是石牌法中刑罚较重的行为，一百多年以前，金秀村苏公别一家四口都是惯偷，引发众怒，石牌头人查实以后，便“起石牌”把他全家四口杀掉，家产充公。而通匪，则被视为逆天大罪，通匪者石牌组织一经查实，便施以极刑。

而能与石牌有同等权力的头人称之为石牌头人，由德高望重之人担当。瑶人有解决不了的纠纷都会找石牌头人解决，而石牌头人一般都会秉公办事。

赵山河在大瑶山也是个响当当的传奇人物。他和蓝朝堂的父亲蓝公布一样，宣统年间，因镇压三点会有功，被清朝政府赐予团总五品军功。赵山河比蓝公布年纪要小上将近十岁，身强体健。要说赵山河与蓝公布之间的最大区别却不在年龄，更不在于一个生，一个死。他们的最大区别是代表了当时大瑶山两种意识的分歧。

鉴于 1933 年桂北爆发震撼全广西的瑶民起义，政府花费了大量人力物力财力，死伤了不少人才平息下去，当局认为对苗首、瑶头、侗酋、壮土司应该采取强制安抚政策，才能加强对少数民族地区的统治。于是从民国二十三年起便邀请部分有影响的苗首、瑶头、侗酋、壮土司“晋省观光”。当时蓝公布作为王巷地区的大石牌团总和圣堂大瑶山的剿匪英雄，颇有影响力，自然受到邀请。他带领十几个瑶头到省会南宁观光。省城报纸用大字标题一连好几天登载蓝公布等瑶头晋省的新闻，称之为“瑶王”。省府首脑李宗仁等接见蓝公布一行，对他们礼待备至，希望他们支持开化圣堂大瑶山之风。

蓝公布一行离开省城后不久，政府就先在圣堂大瑶山边缘的地区实行乡村编组，任命蓝公布为王巷乡乡长，还任命了各村的村长甲长。接着就下达了缴公粮纳赋税的任务。大瑶山的瑶民历来有“不归王化，不纳粮不赋税不服役”的口号，这一举措惹怒了瑶民，他们迁怒于蓝公布等那些跟他晋省观光的大小石牌头人，认为他们被汉人收买，出卖了瑶民。蓝公布一直比较崇尚汉化，所以才让自己的儿子蓝朝堂到外边上学，可他无法说服自己的同胞，在同胞的斥责声中蓝公布卸下一切头衔，最终郁郁而终。

而后，瑶民们又开始反对化瑶小学的建立，纷纷要求将所有化瑶小学关闭。别的乡的化瑶小学都一一关闭，只有蓝朝堂当校长的王巷乡化瑶小学未关。有一天蓝朝堂从外乡回村，半道上不知被谁打了一枪黑枪，把右腿打瘸了，最后一所坚持开办的化瑶小学也因此关门大吉。

赵山河一直就反对汉化，“晋省观光”本来也邀请了他，被他拒绝了。后来也是在他的强力推动下，化瑶小学关闭了。

蓝公布虽然得过清廷的表彰，却没有替他增加一分财产，蓝公布仍然是个靠自己下田劳动、上山打猎来维持生活的农民。在那个时代像蓝公布这样的头人并没有什么特权，如果瑶人有纠纷找上门来要求解决，可以得一点辛苦费，但那样的纠纷不是时时有，即使有，瑶人们也大多是拿几毫钱到几块钱充作辛苦费，如此而已。

赵山河却不同了，赵山河拥有好几座大山场，上千亩的好田地，猪牛鸡这些牲畜更不在话下。对赵家财富的来源一直有多种传说。最广泛流传的版本是，当年有一个清朝的富商找赵山河之父赵公礼看管七箱财宝，约好一年后来取，可过了很多年也不见人来，赵公礼便打开箱子查看，除了两只箱子是人参鹿茸等药材，其他五箱全是白花花的银子。赵公礼就用这些钱财购买了山场田地和牲畜。到赵山河当家以后，继续扩大产业，田地和山场比之前又翻了倍，可谓瑶山第一富。

作为瑶山第一富的孙子赵果敢的派头也是足足的。

赵果敢跑王巷跑得勤快，一个月少说也有两三趟。如今蓝美凤满十七岁了，他跑得更勤快了。村里的人心照不宣，都知道他为什么来。他每次都给蓝美凤带点新奇的玩意来。前天他到象县县城去了，在街上看到有江南人卖花绸，那花绸手摸上去滑滑凉凉，色彩是少见的红绿相间。他想这块绸无论是绑在头上做头巾，还是做件上衣都是很美的，就不吝价钱剪了一块给蓝美凤。

走不了几步路就能看到权芳根的家了，赵果敢没有走正门，悄悄从后门绕过去了。

权芳根年前定了亲，再过两个月就要嫁到罗埔村的赵家。这个准新郎还是赵果敢的堂兄，叫赵壮火。

权芳根忙着给自己做嫁衣，在那张老织机上不停地织布。蓝美凤也经常过来做帮手。权芳根说蓝美凤绣的花好看，让她帮忙在嫁衣上绣花。在这里五彩线是稀罕物，是蓝美凤早先托赵果敢在县城带来的。蓝美凤用红线绣了花瓣，绿线绣了叶子，一个下午也只能给一只袖边绣上花。

蓝美凤揉揉眼睛说，眼睛酸得很，等忙完你这里，我想给知微姐绣条腰带。

权芳根说，美凤，我们是好姐妹呢，那个王先生才来几天呀，你就偏心了，你要一门心思帮我把衣服弄好。

蓝美凤说，放心好了，我保证把你弄得美美地嫁出去。阿姐教我认字，教我说汉话，脾气好得很。人家比我们才大几岁，就到这么穷这么远的地方来做事，她娘该有多想呢。我身上扎这条腰带她总夸好看，我用了几年了，不好意思送她，所以才想着绣一条新的。

权芳根说，反正我不管，你得把我这两套衣服的花绣好再说别的。

蓝美凤说，我就说你这人心眼比针眼还小。

姑娘们说着话，一个人影子斜斜映到地上。蓝美凤在地上拾了块石头说，哪来的野猫，再不出声我直接扔石头过去了！

赵果敢赶紧出声，别扔，是我。他笑嘻嘻地站到权芳根的织机前说，芳根，嫁给我赵家兄弟高兴得睡不着了吧，要把一辈子穿的衣服都做完？

权芳根脸羞得红红地说，好你个赵果敢，每次来你都取笑我，下次不让你进家门了。

赵果敢坐到蓝美凤脚边的木凳上说，美凤，你还不回家做饭，我肚子饿了，今天走了好远的路。

权芳根说，美凤，不要给他吃的，他嘴这么坏。

蓝美凤说，你得罪我们的芳根了，自己去找吃的。

赵果敢说，芳根，你成亲那天，壮火兄弟要请我去吃酒的，我看到时候我一定要为难一下我那个兄弟，干脆把他掳上山算了。

这瑶山风俗里真还有这么干的，把新郎掳走了，让新娘子一个人守空房。赵果敢性子这么活的，真有可能干得出来。

权芳根说，好了，好了，美凤，你赶快回家给他做饭了，你们我都不留了。

赵果敢可怜巴巴地说，美凤，我是真的饿了，昨天从象县一路过来的，路上就想到这里你给我做好吃的，我都没吃晌午饭。

蓝美凤整理手头上的针线，说，我欠你的呀！话虽这么说，她还是随赵果敢回家了。一进家门，赵果敢立即从怀里掏出用纸包好的花绸布递给美凤说，给你，这布摸手上好舒服的。

蓝美凤抖开来看，忍不住惊叹，这是什么布呀，怎么有这么好看的花色？

赵果敢得意地说，这都是从老远地方运过来的，不常有的，叫绸。

蓝美凤说，这么艳，我不敢穿戴出去。

赵果敢说，有什么不敢的，如果你做头巾戴上，隔一座山，我都能把你认出来。

蓝美凤说，谁让你认了？蓝美凤觉得赵果敢嘴太油滑，她不能说不喜欢赵果敢，可这份喜欢没有牵肠挂肚，最多就像一个妹妹对哥哥的感情。她想也许有一天她终究是要嫁给赵果敢的，只是她不愿意这么早。

蓝美凤早就跟阿爸提前说好了，阿爸，如果赵果敢提亲，你别应他，就说等我满了十八再说。

蓝朝堂说，权芳根小你一岁，去年都定亲了。

蓝美凤说，反正我不想嫁。

蓝朝堂说，赵果敢是上好的人选，你不怕他娶别家妹子了？

蓝美凤说，那就由他了，反正嫁不对，还不如不嫁。

蓝朝堂说，这个赵果敢我也不是太喜欢，招摇，他那个阿公赵山河更加霸道。

一直以来蓝朝堂对赵家都是有意见的，原因大部分自然是来自父辈观念的分歧，还有化瑶小学的关闭。赵山河现在是十八村寨的石牌总头人，蓝朝堂不过是一个小村长而已，蓝朝堂把他的不得志有一部分也迁怒于赵家了。

后来赵果敢果然来跟蓝朝堂提亲，被蓝朝堂一口回了，理由是美凤妈身体不好，蓝石林又小，家里全靠蓝美凤撑着，蓝美凤不到十八岁不谈定亲的事。他说，我家蓝美凤是顶梁柱哦。

赵果敢内心是有点看不起他这个未来丈人的，在他看来，过去蓝朝堂是一心汉化，想得到汉人认可，但最终没有捞到什么实惠，回过头来想当瑶人的头人，可能当上头人的得真正是个纯瑶人才行，在大家眼里蓝朝堂已经算不得是个纯瑶人了。

别看赵果敢到外边上过学，内心却是抗拒汉化的，这源于他阿公赵山河对他从小的耳濡目染。赵山河常说，瑶人已经一退再退，退到大山里面来了，瑶人没有地方退了，一定要保住瑶人的山和地，不能让外来人给侵占了。

赵山河送赵果敢出外读书的理由也很独特，他说，阿敢啊，如果连人家说什么你都听不懂，人家要算计起你来不是容易得很吗？前些年赵果敢被送到外面上了几年学，认了些字就被赵山河叫回来了。阿公对孙子说，听得懂别人说什么，会算账就好，其他的学了也没用。

瑶寨与外面交通不便，但还是有些生意要做的，例如，山里的山货木材要卖到山外，外头的盐巴锅碗瓢盆等日常生活用品要买进来，这样的生意赵家长年做着。所以，虽然生在瑶寨，长在瑶寨，赵果敢也算是个见过世面的人。不过，比起他的哥哥赵荣保，赵果敢又差得远了。赵荣保虽然只比赵果敢大三岁，可小小年纪就在外面闯荡，把赵家的生意都做到梧州去了。赵荣保不是很听阿公赵山河的话，他不喜欢回瑶山，他喜欢外面的花花世界，所以，阿公经常骂，这个荣保是白养了，忘本的东西，死在外面算了！

赵果敢这一次在王巷村连住了四天，他原来没计划住这么长时间的，可后来跟杜孝和他们喝茶过后发现，这两个进山的汉人和以前来的汉人都不一样。一般进瑶山来的汉人大多是做点小生意，也有少数像莫英谷那样政府派下来视察的，而像杜孝和、王知微这样的文化人从来没有过。

赵果敢问杜孝和来瑶乡的目的，杜孝和说他是专来研究瑶人的，他们要考察瑶山的人种风俗地理等等。

赵果敢说，研究这个有什么用呢？

杜孝和说，研究是为了帮助瑶人发展啊，比如说我要测量村里人的身高体重等等，通过数据的收集对比，我们可以推测出瑶人的来源，通俗一点说就是了解瑶人的真正祖先是从哪里来的，这样做的目的就是为了更好地了解瑶人，帮助瑶人，这和了解你们的习惯风俗是一个道理，了解了，我们才能尊重它，对不对？

赵果敢这下来了兴致，您真能推断出我们瑶人的祖先来源啊？

杜孝和说，只要数据采集得充分，是可以的。

赵果敢说，有的人说我们瑶人是从湖南过来的，有的说是从贵州过来的。

杜孝和说，等我们把数据收集好，我们会专门搞个研究，到时候这个问题会有答案的。

赵果敢说，我爸说我们瑶人以前不像现在这样窝囊，跟官府可是干过很多大仗的。

杜孝和说，是啊，瑶人很勇敢，从明代开始近百年间瑶人有过好几次大起义，历史书上都有记录。

从明正统至嘉靖年间广西中部大藤峡瑶民起义，有瑶族蓝受贰领导瑶民起义，打击贪官污吏，严惩豪强地主，不久被害。再有侯大苟继起领导斗争，先后攻破州县，影响扩及两广的高、廉、雷、肇、韶、梧等六府地区，队伍发展到万余人。成化元年（1465）明朝遣兵十六万围攻大藤峡，侯大苟在战斗中牺牲。余部在侯郑昂带领下攻入浔州（今桂平）府城，并一度攻占容、藤两县，斗争持续数十年。正德五年（1510）后，义军又开始活跃，沿江数百里，出没不定。明廷为彻底镇压大藤峡瑶民起义，于正德十八年（1523）出兵五万余合围大藤峡，大肆屠杀瑶民。瑶民退避山谷，起义失败。

就为了了解这些瑶人曾经干过的大仗，赵果敢每天晚上都要把杜孝和拉到蓝家的火塘边，让杜孝和给他讲故事。蓝朝堂一家、蓝君行等都是每晚的忠实听众。

杜孝和来广西之前，专门把有关瑶族的史书收集来看了，行李里也带了几本。他除了照历史书上的讲，也加入了自己的理解，所以赵果敢听得上瘾。每当听到瑶胞将领打败官府就大声叫好，一听瑶胞被杀，牺牲惨烈，他就气得拳头打墙。赵果敢说，我们瑶家人不是孬种，从来都是不服被人欺负的。

蓝君行听得不是十分明白，但也喜欢听，还经常让赵果敢给他做翻译。他说，靠我的身手，过去要打仗至少我能当个小官。

赵果敢说，我要当就当个将军，带兵打仗不只靠人多，还要靠脑子，要有兵法和计谋才成的。唉，我要早生几百年，起码能给瑶人多占几个山头。

蓝朝堂脸上露出讪笑，打了上百年，都躲到山旮旯来了，现在人家想欺负咱都嫌这里地偏。

赵果敢说，过去是那样，现在不同了，现在谁敢来打我们，我第一个出去应战。

杜孝和说，不论是汉人瑶人，都是炎黄子孙，都是一家人，自家人怎么会打自家人呢？那是以前的历史了，现在的政府派我们下来，就是为了更好地了解瑶家人的情况，帮助瑶人发展。

赵果敢说，政府是政府，汉人现在霸了政府，我们瑶家人的事到底是要由我们自己做主的。

杜孝和说，那要有外族人打汉人，你帮还是不帮？

赵果敢说，什么叫外族人？

杜孝和说，我们叫作中国人，另外还有日本人、美国人、俄国人等等，这个世界上有很多不同的国家。

赵果敢说，这个我知道，杜先生你说打我们的外族人是日本人吧？去年我荣保哥回家的时候跟阿公说了，汉人这么多还被人打，够丢人的了。话说回来，那日本人要敢打到广西，我赵果敢不计前嫌，可以和汉人一起联手收拾他们。

听这话杜孝和不由得对赵果敢刮目相看，这小伙子还有点胆识呢。他笑着说，看来阿敢真有当将军的气魄哦。

蓝朝堂说，是啊，他是有当将军的气魄，就是懒散了些。

蓝朝堂一直觉得赵果敢不够稳重，喜欢吹牛，所以一逮住机会就要讽刺几句。

赵果敢说，叔，我哪里就懒散了？

蓝朝堂说，你阿爸把你送外边读书，才读两三年就不上了吧？天天到处闲逛。

赵果敢说，那有什么好学的，够用就行，我不愿意离开我们瑶山，离开几天可以，超过一个星期我就不乐意了。

蓝朝堂说，你看，这点出息还当将军呢。

蓝朝堂一直挤对赵果敢，赵果敢又不能顶撞，脸上就有些难堪了，看蓝君行一杆水烟吸得畅快，抢过来自己吸上了。

蓝君行爱吃水烟筒，晚上听故事，一边听一边呼噜呼噜地吸。这次赵果敢给他带了点好烟丝，他吸得更上瘾了。蓝君行等赵果敢吸两口，把水烟筒又抢回来，恭恭敬敬递给杜孝和说，杜先生，你来试一试，这是好东西。

杜孝和看那竹筒有些年月了，黄色的竹筒磨得油光水滑的。水烟筒刚一靠近他的鼻子，就被呛了一口。他想，入乡随俗，这东西也是调查研究的一部分，于是接过来吸了。他没掌握好原理，烟没吸上，水一下子呛进鼻腔里，咳了半天，眼泪鼻涕一脸。

大家都笑翻了。王知微也笑着说，你看看，什么没有学问在呢？吸烟也要技术呢。

蓝美凤就怪蓝君行了，哥，外头人都抽卷烟了，你一个大筒还拿来敬客人。

蓝君行说，这是好东西哩，没有它，我晚上都不知道怎么过。

赵果敢说，杜大哥没有架子，水烟筒都抽了。

蓝美凤说，人家是不好意思推辞。

王知微说，美凤，大家都是好意待客，我们也乐意尝试。

赵果敢冲蓝美凤挤了挤眼睛说，好的女人就是像王先生这样的。

蓝美凤恼了，转过头不理他。

杜孝和、王知微喜欢这样的氛围，像一家人一样坐在火塘边，谈天说地，有说有笑，有吵有闹。

赵果敢说，杜先生，听说你们体检村里人不配合？我来处理一下。

王知微说，大家是不配合，不理解我们这样子做的目的，都有顾虑。

蓝朝堂笑着说，阿敢，你要来处理一下？要不你明天到村上喊一喊，可能你阿公面子大，人家都听你们家的。

这句话里明显有讽刺了，赵果敢也只能装听不出来。

杜孝和说，阿敢，你想到什么办法吗？反正还是得让大家自己同意才行，这种事情是不能强迫的。

赵果敢说，我还得想想。

蓝美凤说，就知道吹牛，我们都忙了几天了，就你行。

赵果敢为了证明自己不是吹牛，一晚上没睡好，一直在想法子。他想过用发半斤盐巴的奖励办法，体检的就能领盐。这应该有一定成功率的，但他肯定也成败家子了。用他阿公的名义想都别想，蓝朝堂更要小看他了。赵果敢想，如果他明天想不出办法，他该走不了了，按计划他明天无论如何得回家了。

想不到这晚上发生了一件事情，将这个问题一下解决了，也算救了赵果敢。

下半夜，蓝朝堂的家门被人急急地拍打，还伴随有哭声。蓝朝堂睡在外屋起身开门，看是盘士暖夫妇抱着儿子。盘家女人哭着对蓝朝堂说，叔，你让美凤出来看看，今天娃喝了她配的药，就成这样了。

蓝朝堂吓了一跳，赶忙到火塘边点了灯。灯光照耀下，孩子脸色发红，眼睛紧闭，手脚不时地抽筋。

蓝美凤听到动静也起床了，还没弄清什么事，就被父亲迎头一顿怒骂，死妹仔，谁借你的胆子？叫你不要随便帮人开药，你不听，出事了吧？蓝朝堂说得气愤不已，一巴掌还打到了蓝美凤的肩上。

盘家孩子这几天一直发高烧，盘士暖昨天还请师公作过法，没起作用，今天白天才上门来找蓝美凤，说弄点草药试试。在王巷村，大家都知道蓝美凤在汉人草医那里住过几年，会用些草药，特别是治女人病方面，很有效果。其他一些病痛蓝美凤偶尔也给人抓药，她是有求必应，谁愿意相信她，她就上山采药。

白天蓝美凤给孩子用药后，孩子的烧本来是退下去了的，不知道怎么到晚间突然间又加重成这模样了。

蓝美凤毕竟年轻，此时也是乱了手脚，小脸吓得煞白，父亲打她她也没有反应了。

盘家女人坐到地上号啕大哭。这孩子是她的第三个孩子，前两个都夭折了，眼见这个又要不成了，怎能不哭天抢地的。

住在蓝家的人全起来了。赵果敢看蓝美凤哭了，就在边上安慰着。

杜孝和夫妇听到动静也起了床，出来看是这情况，话没多说，杜孝和返回屋里拿听诊筒，王知微把孩子抱过来，用毛巾湿水给孩子降温。杜孝和一边给孩子听诊，一边向蓝美凤打听孩子的情况，经过诊断孩子应该是患上了肺炎。

盘家女人看杜孝和似乎是个行家，马上跪下来，磕头嚷着，杜先生救命，杜先生救命！

王知微把女人拉起来，好言安慰着。

杜孝和回屋取了针剂给孩子注射了一支。从北平下来的时候，他们花了不少钱在药品上，像能治肺炎这一类的消炎针剂十分昂贵，青霉素在当时可是价比黄金，但因为这种病在南方湿热地带常发，杜孝和就专门购置了一些。

孩子留在蓝家，杜孝和和王知微亲自守着，过得半个钟头，孩子出了一身汗，烧也退下来了，眼睛晓得睁开看人了。大家都转愁为喜。天快亮时，看情况稳定了，杜孝和另外取了点药，让盘士暖拿回去喂孩子。

这一晚折腾，谁也没有睡好。凌晨的时候杜孝和夫妇才回屋去睡，也不知道睡了几个小时，听到门外面吵吵嚷嚷的，不时还有小孩子恶作剧的敲门声。他们起身开门，大吃一惊，门外聚集了一大堆村民。赵果敢也在人群中，颇为得意地冲杜孝和招招手说，杜先生，他们都是来做体检的。

原来盘士暖的娃崽今早上能起床喝粥了，杜孝和能用一支听筒听出身体毛病的事情传开了。赵果敢顺势做了宣传，说杜先生是个郎中，谁身体里有什么病都能检查出来。这样一来，一大早就有人排着队来做体检了。最先来的是身体不好的，有病的，还有就是女人带着自家娃崽来，后来是身体没啥问题的也都全来了。

杜孝和和王知微是又惊又喜，本来头痛的问题，一下就解决了。杜孝和赶紧让王知微把器材取来，挨个地给村民们做体检。由于前边有赵果敢做过的宣传，体检的过程变慢了，基本上是做全面的身体检查。有些小病，例如皮肤疥疮，杜孝和他们直接给村民上药治疗。但杜孝和发现村民们还是以慢性病居多，像住在这大山里头，不少人就患上了风湿病，小腿都弯曲了。杜孝和对这类病就表示自己暂时没有办法医治，但他会替大家想办法的。得了医治的村民都千恩万谢地走了。

赵果敢看杜孝和真是变成医生了，从早晨忙到下午连饭都没时间吃。

他有点不好意思地说，杜先生，我是不是不应该跟大伙说你是医生啊，我是急了，这下反而给您添麻烦了。

杜孝和说，反正我尽力，能顺便给村里人看病我也乐意。

赵果敢说，那你们忙，我得回家了，在这里住好几天了，再不回又要挨我阿爸骂了，下个月再过来听先生讲故事。

杜孝和和赵果敢挥手告别。赵果敢让蓝美凤送送他，蓝美凤把他送到村口，交代他包里装了肉干和芭蕉，让他路上吃。赵果敢让随从走前头去了，左右看看没有人，一把抓住蓝美凤的手说，我舍不得妹子呢。

蓝美凤急急地把手收回说，砍你手，动手动脚的。

赵果敢笑着说，反正你快满十八了，怕什么？

蓝美凤恼了转身就走，一边走一边说，你有本事就在这里等着，我告诉我阿爸你手脚不干净。

赵果敢说，你是要朝堂叔拿刀砍我啊，行，我马上走，下个月初我还来哦。

蓝美凤说，最好不要来，没人给你做饭。

赵果敢说，你就再辛苦几个月，等我把你娶回家就不用你这么苦了。还有，听朝堂叔的，不要再给人抓药了……

赵果敢还要唠叨，看蓝美凤已经跑远了。

杜孝和和王知微花了两三天时间，把全村人的身体数据采集完了。

晚间，王知微把收集来的数据归类抄到本子上，夜深了，她还不愿意停手，说是一定要把资料全部整理好。杜孝和看灶上的火还有，埋了几只红薯进灰里，等王知微抄完，红薯的香味出来了。她伸伸腰说，好累啊，总算是弄完了，我可以吃夜宵了。杜孝和知道王知微爱干净，把两三只红薯皮剥干净，用碗盛了放到她手边。王知微一手拿着碗，一手拉着杜孝和的手出门，她说，来这么几天还没有好好看看瑶山的夜景呢。

两人穿过屋后的菜园子，爬上一处较为平坦的大岩石。从这里可以看到村里的景致，眼下整个寨子几乎没有亮光，被湿气浓得化不开的夜色裹挟着。不安分的是寨子周围的虫儿、蛙儿，参差不齐地鸣唱。今晚没有月亮，星星也只有稀疏的几颗。不过，远处的山峦却看得很清楚，像水墨画一般层次分明，近处是浓墨，远处是淡墨。

王知微把红薯几口吃完，指着远方的山峦说，你有没有发现那边天空的星星特别密集？

杜孝和说，说不定在那山上看的月亮也比我们这里看的要大要圆呢。

王知微说，等我们忙过这一阵，把周围几个村寨的数据也收集好，我们就上圣堂山。

杜孝和说，嗯，一定的，一定去。

王知微说，孝和，你说真的有神仙吗？

杜孝和说，我从小就想弄明白这个问题。小时候我看到我妈妈初一十五的时候总要到很远的一座寺庙去上香，她告诉我那里边住着神仙。后来我养的一只小狗死了，我特别伤心。我妈妈把小狗埋了。我偷偷地把小狗挖出来，用袋子装好，带了几块点心，就往那个寺庙出发了，我想找到神仙把我的小狗治好。因为人小，走没多久就累坏了，后来还迷了路，家人发动了很多亲戚朋友才把我找回来。我回来以后就很伤心，因为我相信如果我能走到寺庙，小狗还是有救的。

王知微握着杜孝和的手说，好了，不要再想你的小狗了，到时我们一起进圣堂山去找神仙去，见了神仙我要问他一个问题。

杜孝和说，问什么问题？

王知微说，说了你不可以笑话我。

杜孝和说，不笑。

王知微说，我想知道我会有多少个孩子。我妈妈一共生了五个孩子，我觉得她真伟大。我特别喜欢孩子，我也想要很多的孩子。

杜孝和笑着说，我妈妈生了六个，看来我们两家都有良好的基因啊，没准神仙向你伸出两只手来。

王知微说，为什么？

杜孝和说，十个指头，十个孩子，比你妈妈要能干一倍。

王知微说，要生这么多，你就组个考察团吧。

杜孝和说，那就太好了，我们的社会学后继有人了，到时候我们两个带上孩子们一起去做调查，估计什么任务都能很快完成，我们就动动嘴皮子指导他们就行了。

王知微说，你还真想得远。

杜孝和说，是啊，太远了，先想眼前的吧。

他拉起她的手，俩人互相看着，心照不宣地笑了。他们不约而同地站起来，手拉着手，快步地朝那间简陋却充满爱的小屋走去。

因为村民们的突然配合，王知微和杜孝和投入体检中，没顾上管蓝美凤家里发生的事情。前两日蓝朝堂责备蓝美凤给盘士暖开药，后来事情还升级了，蓝朝堂让蓝美凤彻底断了这方面的念头，不能再给人看病采药。他说，如果闹出人命来，你赔得起吗？你是好心，不要人家一分钱，人家谁会领你的情？蓝朝堂说了还不算，还把这些话放出去了。他在村子里逢人就说，以后你们要找蓝美凤瞧病，不在乎她三脚猫的功夫，就签生死状，治不好也不要扯住她不放。

蓝美凤恼了父亲，父亲也恼了她。两人一屋住着不说话。蓝美凤发狠往山上跑，早出晚归，采了各种草药晒在晒台上，一副和她爸对着干的样子。

蓝朝堂其实心里是疼女儿的，他自己身体小毛病不断，胃痛、腰痛，这都靠美凤给他采些草药回来调理，效果也是有的。特别是美凤妈的女人病，也是靠美凤上山采的药来调理。但姑娘家，最终是要出嫁的，照顾好男人和孩子就是尽了本分，弄这些歪门邪道没什么大用处。

盘士暖捉了一只母鸡来感谢杜孝和，杜孝和推辞不要，盘士暖干脆在杜孝和屋里把鸡脖子拧断，看灶上烧着热水，直接就把鸡给杀了拔毛。杜孝和看鸡已经杀了，只能让王知微炖上，自己又炒了两个菜，留盘士暖一块吃饭。

盘士暖说，杜先生，我听莫科长说了，你给我家娃崽打的针贵得很，比黄金都贵呢。

杜孝和说，没有这么夸张，药是贵重，但比起孩子的生命，这根本不算什么了。本来我们准备这些药，也是希望能帮上大家的。

盘士暖说，我家穷得锅头都是破的，没有什么东西拿得出手，就一只鸡了。

杜孝和说，在你这里，鸡也很珍贵了。

盘士暖看菜上桌，好像很不好意思地说，杜先生，你可不可以帮我把朝堂叔叫来？

杜孝和当时没想那么多，就去叫蓝朝堂，可蓝朝堂一听是要和盘士暖一桌吃饭，一口就回绝了。

杜孝和回来说蓝朝堂不来。盘士暖懊恼地说，朝堂叔是恨我了，我那天是急了，上门去找美凤的麻烦，其实美凤也是好心肠帮我们，现在他都不让美凤给人看病了。

王知微说，还有这事啊？美凤能给大家看病不容易呢，你们这里缺医少药的，要不我把美凤叫来一起吃饭？

盘士暖说，好的，好的。

蓝美凤倒是高高兴兴过来了，看桌子上有鸡肉，拿起筷子就说，这么好的菜啊，我怎样都要吃三碗饭。她又转身去跟盘士暖说，哥，我们瑶山不让女人上桌吃饭，不过我在杜先生这里是可以上桌吃饭的，你别见怪哦。

盘士暖说，不见怪的，美凤，你爸生气了。

蓝美凤说，他有生不完的气，随他了。他不让我给别人看病，我虽然做样子和他顶牛，但我还真是不敢再给人看病了，不是怕他，是我知道自己懂的太少了，这不懂就会误事，这不，差点让叔家娃崽丢命了。

杜孝和说，你以后真不给人看病了？

蓝美凤说，你在这里就用不着我了，别人也不找我了，好在我不是靠这个吃饭，不然饭碗都被先生您砸了。

杜孝和说，美凤，我们都觉得你很能干呢，会说汉话，又认得草药，能给人治病，城里的姑娘没有几个能像你这样的。

蓝美凤说，你说的是真的？

王知微说，当然是真的，就拿我来说吧，可能就认得的字比你多，其他的都不如你啊，就说每天烧这个灶，烧半天也烧不起火来。

蓝美凤说，烧灶挑水打猪草这能算本事吗？阿姐，你别拿这些来夸我了，我真有本事就不会一辈子窝在山沟里了。

杜孝和说，美凤，你给人看病的本事千万别丢下，大瑶山有这么多的珍贵草药，都靠你们去用呢。我记得前些日子我们刚进大瑶山的时候，有个姓韦的老伯就说是瑶山的草药把他的皮肤病给治好了。你把你会的那些药方子整理一下，给村里人治病也是积累经验，我再让同学寄几本医书来，你多学一点，说不准哪天就成了个有名的女郎中呢。

王知微说，是啊，美凤，这几天给村里人体检，我们看到好多人都有那些个风湿病，这些病用草药来治效果是很好的，所以啊，你这个女郎中真还是要做的。

蓝美凤忍不住开心笑起来，说真的，我也舍不得放下呢，我就喜欢弄那些草草药药的，喜欢搭配它们，让人吃了药病好了，我就开心得很。杜先生这么说，阿姐也这么说，那我就像以前一样，照常给人瞧病了。这一来我爸真是要被气死了，不过有杜先生阿姐为我撑腰，我一点也不怕。

杜孝和也笑了说，好，这个腰我们撑定了。

三

自从杜孝和和王知微进入王巷村，每天傍晚村子里就多了一景。他俩晚饭过后，会手牵手，在村子里边慢悠悠地散步，一路走一路与村里人打招呼，闲聊几句家常，逗弄逗弄孩子。一男一女手牵手，这在村子里是前所未有的，这一对外来人做得坦坦荡荡，自自然然，有些人见了会不好意思而装作看不到，但瑶人大多心思单纯，不少人能当着他们的面哈哈笑出声来。孩子们干脆就学他俩的样子，前前后后围着他们跑动嬉戏。

村里的小路不好走，凡凹凸处、水洼处，杜孝和都会先快走小半步，然后回头牵引王知微。王知微弯腰逗弄那些孩子时，杜孝和的手轻轻抚着她的头发，仿佛他抚着的也是一个孩子。

对于蓝美凤，这些情景展现给她另外一个世界——原来夫妻之间竟然可以如此恩爱！一个男人对女人好不在于他给她说多少情话，给她买多少衣物，而在于是不是随时随地地将她放在心上。蓝美凤见过杜先生给知微姐剥红薯皮，一点一点地，剥得干干净净；她看到他们夫妻一个烧火、一个洗米，一个炒菜、一个盛饭；她看到他们走累了山路，杜先生会替知微姐脱鞋子按摩脚……

如果没有杜孝和和王知微的到来，蓝美凤可能一直不明白自己为什么就是不那么情愿嫁给赵果敢。现在她找到答案了，原来，她只是希望能像王知微那样被一个男人放在心头，融进心里。这时蓝美凤心里便有一丝淡淡的忧伤，她想命运是不可以改变的，她这辈子都不可能遇上这样一个男人了。像她这样生长在大山里的女人，一生系在男人身上，像她阿妈，像她秀妹嫂。赵果敢虽然喜欢她，但她知道，他和其他山里的男人没有太多的区别，他们都认为女人就是附在他们身上的一个物件而已，有时候是拿来用的，有时候就是一件装饰。

蓝美凤剁好猪草，架锅加水熬上，她靠着屋后的木栏，一坐就是将近两个时辰。猪栏养着四头猪，平时这时间它们已经吃上饭了，可眼下女主人还靠着木栏发呆呢。猪们哼哼嗯嗯拱翻了猪圈里的食槽。听到响动的同时，蓝美凤闻到了潲水的煳味，她赶紧跑到火塘，把灶下的柴火退了埋到灰里。她掀开锅盖，拿起一根棍子搅动潲水，将半桶洗菜洗米留下来的水与煮好的猪食混到一块，用棍子搅匀拌了一桶。她拎着木桶走到猪栏边。猪们听到动静已齐齐挤到猪槽边仰首等待，潲水一倒进槽里，猪们立马埋下头去，咂咂的吃声几乎是同步响起来的。听到这样的响声，蓝美凤心里的烦扰迅速平复下去，她的阿爸阿妈、她的阿弟都需要她呢。家里养这四头猪，有两头是别家早订好了的，算是帮养，可以换成钱的，一头是村里韦家要娶媳妇用，一头是相家小弟满十五岁过成人礼要用的，剩下的两头就自己家用了。

在瑶家娶媳妇、过成人礼这样的日子都要用上好几百斤的猪肉，甚至上千斤，这儿因为粮食短缺，很难同时养多头猪，所以哪家要办大事，都得跟别家借或买。蓝美凤每年都靠养猪来挣钱。前几年家里盖新屋，借了不少钱，现在基本还完了。如果杜先生能够说动阿爸让石林出去上学，这猪就能卖了当学费。

美凤，美凤，你在喂猪呢？是权芳根来了。

蓝美凤知道权芳根又是来邀她去绣花的，她说，芳根，今天家里事多，不能上你家去了。

权芳根四下张望说，有什么要做的，我帮你一起做。

蓝美凤说，我要上山打柴火。

权芳根说，现在才上山太晚了吧，晌午都过了，明天，明天我跟你去。

蓝美凤说，不行，明天还有明天的事呢。

权芳根说，美凤，求你了，就剩两条裤脚的工了，你如果这两天抓紧时间帮我挑好花，我把我那只藤箱子送你好不好？

权芳根有一只藤箱子，是她阿爸上山打藤条编的。那藤条是百年难遇的好藤，够老够韧，加上芳根她爸的手艺，编出来漂亮得很。蓝美凤每次见那只箱子都赞不绝口，说权芳根的陪嫁里边，这东西最抢眼，最值钱。

现在芳根竟然说要送她那只箱子，这么大的诱惑，蓝美凤反倒有些生气了，她说，你怎么就这么急着嫁人啊，万一那个赵壮火对你不好呢？

权芳根说，对我不好我就转回娘家啰，谁怕谁呢。

蓝美凤说，你就嘴巴硬吧，我们瑶家女人有哪个是能自己做主的，你说像秀妹嫂，拿火铳上山打野猪都不输男人的，不照样三天两头被阿行哥打得半死。

权芳根说，我要是秀妹嫂，我早拿火铳把蓝君行给射了，要不就用割禾刀把人给劁了。

蓝美凤说，没空听你说这些狠话，我喂完猪就去帮你把花挑完，省得天天来烦我。

权芳根得了承诺高高兴兴走了。

蓝美凤干完家务匆匆赶往权家，一进门，蓝美凤就说，芳根，先把藤箱子给我拿来。

权芳根白了她一眼说，急什么，难道我会赖你？

蓝美凤说，还有一个星期你就嫁了，我找谁要去？

权芳根一跺脚，一扭腰进屋把藤箱子拿来递给蓝美凤，板着脸说，算是认识你这个贪财鬼了。

蓝美凤拿到箱子扑哧笑了说，连陪嫁箱子都舍得送人，真是下血本了，好了，还给你，我怎么会要你的陪嫁呢。看，我帮你绣了两张包头布，算是送你的陪嫁了。蓝美凤从身后背的小布袋里取出两张头巾递给芳根说，你看这花挑得好看不？

权芳根把头巾接过来，眼睛红了，说，你挑的花哪有不好看的？美凤，这箱子你要拿着，我是真心送你的，你是我的好姐妹，我要嫁人，要把我的好东西留给你，你平时用这箱子就想到我了。

蓝美凤眼泪下来了，她抱紧芳根说，芳根，你嫁那么远，我平时想见你一面都难了，你一定要自己把自己照料好，在家里有阿爸阿妈疼你，有我们疼你，到外边全靠你自己了。

权芳根哭出声来，美凤，我不嫁了。

蓝美凤说，瞎说，你不嫁也要你爸肯把彩礼退回去才行呢。听说你爸要了赵家一千斤猪肉哩。

权芳根说，那也是为我哥娶老婆用的。

蓝美凤说，好了，不哭了，把裤子给我找来，我在屋外做活，光亮。

权芳根把眼泪抹干，把衣服找了出来。两个姑娘，安静地坐在阳光里，给嫁衣绣上彩色的花纹。太阳落下，她们手上的活也做完了。她们回到屋里，燃上一枝松枝。

芳根穿上新衣新裤站到美凤跟前说，好不好看？权芳根长得娇小，秀美，新衣裤给她增添了几分妩媚。

蓝美凤拍手说，好看。

门外，杜孝和牵着王知微的手正巧经过，后面跟着一两个孩子，来回地追逐着。

蓝美凤和权芳根同时看到了这一情景。蓝美凤说，芳根，你说，为啥一个男人可以对一个女人这样好？

权芳根说，那还用说吗？王先生长得漂亮，又有文化，还敢来我们这种地方，好能干的女人呢，你是男人也得佩服吧。

蓝美凤说，我们长在大山里头，没什么见识，男人说什么是什么。芳根，你嫁过去以后要对公婆好，对男人好，尽自己的本分，但不能事事依靠男的，做事要有自己主意，男人有时候也靠女人提醒着。

权芳根说，知道了，姐。

王知微跟村民们买了一些苞谷和饭豆，将苞谷碾碎成小粒后与大米一起煮，有时是将饭豆和大米一块煮。每日吃面吃大米饭感觉太奢侈了，而这样做出来的杂粮饭，杜孝和说味道很不错。早饭有时候他们干脆就跟当地人一样煮几个红薯芋头，又省事又省时。

王知微做出来的饭是纯北方口味，杜孝和是江南人，喜欢炒点小菜，精细一些。王知微总说杜孝和炒的菜好吃，只要空闲杜孝和就挽起袖子拿锅铲当大厨，其实他们经常只做一个菜一个汤，有肉就菜炒肉，没肉就纯素菜。

杜孝和说，奇怪了，在这山里面吃什么都觉得特别好吃。

王知微说，是啊，我最近饭量大了很多，一餐能吃两碗饭呢。

杜孝和说，照理说我们的荤腥吃少了，可我的腰围还长了，胖了。

王知微说，山好水好，再加上这里的山珍让我们享用，所以人心宽体胖了。美凤说这里的河里有不少鱼呢，我约了她下午一块去捉鱼。

杜孝和说，你能捉得到吗？

王知微笑着说，我就想试试呢，听美凤说是用一种叫鱼篆的捕鱼工具，鱼只能进不能出，你能想象出来吗？等我学会用鱼篆，以后我们解甲归田，我捕鱼来你织布。

杜孝和哈哈大笑，好，好，那我晚上就等着吃鱼了。

蓝美凤带王知微去的地方是元宝溪。蓝美凤说元宝溪是从圣堂山上流下来的山泉水，水特别清凉。元宝溪离村子有七八里的路程，从村后走，翻过一个小山包才到。她们一人拎着一只鱼篆，身上背着装鱼的鱼鼎。

远远地能看到元宝溪从密林里时隐时现地穿越，在阳光下闪着银色的光。王知微心生欢喜，跟蓝美凤说，这水真好，等会要好好洗个澡。

蓝美凤说，我们等下要下河的，阿姐可以随便洗，不过水有些凉，洗完得赶紧晒太阳。

河里果然鱼不少，因为水清看得很清楚。那些鱼不太怕人，似乎伸手就可以捞到。当然，等人伸手去捞的时候，它们又敏捷地摆尾游走了。

蓝美凤选了一处流水湍急、水面狭窄的地方将鱼篆放下去，摸几块石头在旁边将鱼篆撑牢了，然后在岸边砍了两根大树枝削成棍子。她递给王知微一根，自己拿了一根。她带着王知微往上游的河段去，下到河中用那条木棍在河里翻石头，做出一番打草惊蛇的举动。王知微有样学样，两人在河里来回走动，许多鱼儿被惊动了，纷纷往下游走。

王知微说，美凤，我们这是在赶鱼吧？

蓝美凤说，是啊，就是把鱼往下赶。

王知微说，它们真会钻进我们放的鱼篆里吗？

蓝美凤说，你等着看吧，我们肯定比鱼聪明。

从上往下走到下鱼篆处，来来回回好几趟，蓝美凤将王知微拉上岸说，我们晒晒太阳，休息够了再去看看我们的收获。

俩人找了一块朝阳的大石板，把湿透的衣裤除下，晾在石板上。

王知微躺到石板上，眯着眼看蓝天，她说，美凤，你生活在这里太幸福了，有这么美的林子，这么好的太阳和风。

蓝美凤说，阿姐，你要这么喜欢这里干脆就留下来不走呗。

王知微说，妹子，你以为姐姐不想啊？可还有许多像大瑶山一样的地方姐姐需要去走访、记录、收集有用的资料，现在想轻松歇脚还不行。

蓝美凤说，知道的，阿姐肯定是和杜先生一道，去哪都在一块。阿姐，你来我们这里，家里人也舍得吗？

王知微说，他们不舍得，所以没有让他们知道，他们以为我现在还好好地待在学校上学呢。

蓝美凤说，啊！阿姐胆子大，这么大的事情都敢瞒家里人。

王知微说，我家里不同意这事我都没敢跟杜先生说，如果他知道肯定不让我来了。

蓝美凤说，你和杜大哥结婚有没有媒人？

王知微笑了，没有媒人，我们在大学里认识，然后自愿在一起了。

蓝美凤说，阿姐的命真是好，能找到像杜先生这样的男人，杜先生当阿姐宝贝一样呢。

王知微说，以后你也找个对你好的，我知道瑶家姑娘很多都不用媒人，自己看上后生自己就能带回家，这很自由哦。

蓝美凤说，是啊，可是我们就这巴掌大的天，碰到谁就谁了，没得选。

王知微说，我看赵果敢就很不错，而且对你也很好啊。

蓝美凤说，他连杜大哥的一个小指头都比不上。

王知微说，哟，看来我的美凤妹子要求还挺高的，你倒说说看，果敢哪里不好了，我们帮你教育教育他。

蓝美凤说，教育他干吗？我又没有打算嫁他。

王知微说，哦，问题大了，果敢到底是哪里得罪了妹妹？

蓝美凤说，不说他了，咱们拿鱼鼎收鱼去。

俩人来到先前下鱼篆的地方。王知微吃惊地发现每只鱼篆里边都有四五只鱼在游动，鱼儿大的有一两斤重，小的也有半斤的。蓝美凤提起鱼篆，熟练地把鱼儿捉进鱼鼎。清完鱼，她又将鱼篆放回原处。

王知微认真研究了一下这形状如腰鼓一般的鱼篆。鱼篆开口大，鱼儿容易进来，中部稍稍收窄，另一头又是一个大空间，鱼儿在里边待着宽松，还不知道自己已经是瓮中之鳖了。收窄的腰部是玄机所在，上边缠了一圈细网，顺着水势鱼儿进来容易，想走回头路却要被网给卡住了。

王知微说，美凤，你们瑶人真聪明，我从来没见过哪个捕鱼工具这么花费心思的。

蓝美凤说，咱们瑶人是靠山吃山，靠水吃水，聪明全用这上头了。

王知微说，美凤也很聪明呀，能绣好看的花，还认得那么多的草药，如果能到外边读书真不知道有多了不得了。

蓝美凤说，阿姐，美凤就不敢做这种梦了，我们还是下去赶鱼吧。她拉着王知微下河又重复了一番之前的赶鱼举动。

几个小时下来，她们一共捕了二十多条鱼。

蓝美凤说，阿姐，今天收获还是蛮大的，吃不完的鱼我教你做鱼鲊。

俩人收起鱼篆回家。王知微说，我还吃不惯你们的鱼鲊，觉得腥，不过孝和爱吃，他赞不绝口呢。晚上先给他煎几条鱼尝鲜，剩下的就做鱼鲊。

俩人聊着闲话回到村里。王知微说，美凤，你应该知道鱼汤很补身子吧？以后有新鲜的鱼，炖上一两条，浓浓的鱼汤让你妈喝。还有，鱼肝也是很好的，咱们回去先把鱼肝掏出来，专门给你阿妈煮来吃。

美凤说，我妈受不了鱼腥，要能吃就好办了。

王知微说，这确实有点难办，身子这么弱还进不了补，那我等会儿煎鱼，把鱼肝也用油煎了，再放上姜葱，你拿回去看你妈吃不吃，用油煎出来的腥味小，可能她能吃。

蓝美凤说，我们这里都不煎鱼的，煎鱼太费油，阿姐要煎就看我阿妈有没有这个口福能吃得下去了。

王知微特地放了比往常要多一倍的油，小火慢煎，把几条鱼连同那鱼肝煎得金黄，屋子里全是香味。鱼煎好，她首先盛了两条拿到大屋让美凤妈尝。

十天前莫英谷把之前杜孝和给美凤妈开的药买回来了，这些天药吃下来，美凤妈晚上起夜盗汗的现象减轻了，胃口也明显好了许多。人胃口一好精神就好，美凤妈慢慢地也走出家门到外边散步了。

美凤给阿妈盛了米饭，王知微说，美凤阿妈，你试试看，我看你脸色比之前又好了很多呢。美凤给母亲翻译了，美凤妈很不好意思地回了一句话，美凤翻译过来说，我妈说这鱼很香，刚才在这屋她就闻到香味了。王知微说，你要觉着香就好，赶紧趁热吃吧。

美凤妈夹起一块鱼肉，放入嘴里，看上去吃得很有味道。

王知微高兴地说，美凤，你妈能吃鱼肉了，像你妈身子这样弱的，得慢慢来，先让她吃味道，以后就能接受了。

美凤点点头说，阿姐好细心，我们以前看阿妈不吃都不管她了，孝心不够呢。这段时间我上山多采些香菇，多换点油回来。外边的油卖得贵，我们都不舍得买，一年到头就靠杀年猪熬的猪油。

王知微说，我们这有油，你拿回去用，可以每天给你妈煎一两只鸡蛋，好好给你妈把身体调过来。等有人出山，我们再托人把油买回来就行了。

蓝美凤说，阿姐，前次杜先生帮阿妈买的药你们没要我们的钱，现在我们还要吃你们的油，我们太占你们的便宜了。

王知微说，什么你们我们的，这样的生分话以后就不要说了，我们不都住在一个屋檐下嘛！等你阿妈吃好了，你过来也尝尝我的手艺。

蓝美凤说，阿姐，你多煎两条，我好能吃的。

王知微笑着说，知道了。

等蓝美凤跑这屋蹭饭的时候，正看到王知微拿了一双筷子，一点点地把煎好的鱼身上的刺挑出来，那样子比穿针绣花还仔细。

蓝美凤看着稀罕说，阿姐，你这是给杜先生挑的刺吧，杜先生吃鱼自己不会吐骨头吗？他又不是小孩子。

王知微说，他以前被鱼骨头卡过一次喉咙，好不容易才取出来的，后来几乎不敢直接这么去吃鱼，所以我每次做鱼都把鱼刺给他挑出来，让他放心地吃。

蓝美凤说，杜大哥给你剥红薯皮芋头皮，你给他挑鱼刺，你们两个好像太——

在蓝美凤的词汇里找不到一个合适的词来表达她的意思。

王知微替她说了，恩爱，我爱他，他爱我。

蓝美凤捂着脸笑了说，是的，恩爱。

王知微说，这样才叫夫妻嘛。

蓝美凤说，你们这样的夫妻我是头回见，好成这样，你们会吵架吗？

王知微说，吵啊，哪有不吵架的夫妻，有时候吵架也是小调剂。

蓝美凤听不明白了问，什么叫小调剂？

王知微思忖了一下说，就好像这煮菜要放盐，有时候咱们就放点醋啊，糖啊，让那味道更特别一点。

蓝美凤一脸茫然。

王知微笑了说，不说了，我们先把饭吃了，等会你还要教我做鱼鲊呢。

鱼鲊做起来还是挺费功夫的，先将米炒熟，再舂成米粉，然后将宰杀好的鱼用盐腌好，和米粉一起混合，装坛子时尽量装满压实，封好坛口后再将坛子倒过来放。她们一共腌了两坛，把坛子放到床底下。

蓝美凤擦擦额上的汗说，放上半个月就可以吃了，不过，放的时间越长越有味道。

王知微说，我估计刚能吃，孝和就会打开来吃了。

杜孝和此时已经回到家中，嚷嚷说，好香的鱼啊。

王知微说，今天我和美凤收获不小，你看，还腌了两坛子鱼鲊呢。

杜孝和迫不及待地享用美味的煎鱼，一边吃一边说，美凤，你识得这么多的草药，应该有很多有香味，选一两味合适的和鱼鲊混到一起腌，那味道应该差不了。

蓝美凤说，杜先生说的有道理，我采一些这样的香草回来，下一次我试试给鱼鲊放点。

王知微笑着说，孝和，我看你的嘴是越变越刁了，前两天还念着这鱼鲊好吃，现在就要改造了。

杜孝和说，就因为喜欢，才希望它越来越出色啊，以后回了北平这就是我们的保留菜品了。

王知微说，行，反正我已经学会做了，以后保证家里至少有这么一两坛，你想吃就吃。

白天杜孝和和王知微一般都要外出采集资料，有时会去较远的村寨，七八天才能回来。这一来一去的极辛苦，住宿不方便，吃饭有时都成问题。所以一般杜孝和尽量让王知微采集王巷周边村寨的数据，三四天可以来回的，他则走远一点。而更花费时间的考察和采集工作，杜孝和则不能一个人行动了，因为王知微立了规矩，超过一个星期日程的工作两人要一起行动。王知微是不放心杜孝和一个人在外边那么长时间，俩人在一起有什么事情都好商量。

杜孝和每次从外边回来，远远地看到王巷村的房屋，听到狗吠鸡鸣，心里就暖暖的，完全是回家的感觉。等走进那间属于他们的屋子，所有的疲倦立马被收走了。王知微会像一只小鸟一样扑上来，兴奋地汇报她这几天见了什么人，收集到什么资料，有什么收获。

这一天杜孝和进家门，灶上冷冷清清，王知微不在家里，他等了好一会儿还是不见王知微，上大屋去找，发现蓝美凤也不在。屋后有敲敲打打的声音传来，杜孝和过去看，原来是蓝朝堂在修竹篾片，尚有几条未破的青竹躺在地上。

看到杜孝和，蓝朝堂说，杜先生回来了。

杜孝和说，刚回。他指着那些竹子说，编篮子？

蓝朝堂说，编几只竹筐收谷用。他扔下手中的篾刀，拍拍手说，饥了吧？我给你煮饭吃。

杜孝和说，不饥，刚回来半道上有瑶胞请我到家里吃腊肉了。

蓝朝堂说，谁家啊？这月份还留得有腊肉。既然不饥您就进屋煮壶茶喝吧，美凤带王先生到村庙去了，刚走不久，估计得一个时辰后才能回来。

杜孝和没推辞，随蓝朝堂进了屋。

俩人在火塘边坐下。灶上煮着猪食，火边煨着茶水罐，那罐水成天突突地冒热气，蓝朝堂从竹罐里抓了一把茶叶扔进去，一会儿就有茶香味飘出来了。蓝朝堂先给杜孝和酙了一杯。

杜孝和走了一天路，一杯热茶下肚很是舒坦。他说，蓝村长，你在外面上过学，这大瑶山最有文化的就是你了，可你为啥没让石林上学呢？

蓝朝堂说，化瑶小学都关门了，去哪上？

杜孝和说，你可以自己来教他呀，到你教不了的时候就送他到外边上，就像当年石林阿公送你出去读书一样啊。

蓝朝堂皱着眉头，沉闷了好一会儿才说，杜先生，您说说，学这么多有什么用处？像我，除了能跟你们说上几句汉话，还不是照样在这里编筐子？

杜孝和说，那是你没了解自己的价值，像我们到这里来，如果没有你，我们收集资料的工作就很难完成。你好比一扇窗户，汉人可以从这扇窗口看到瑶山的风光，而瑶民可以通过这扇窗户看到外边的风光。我听说王巷村的化瑶小学是最后一间关门的对吧？这说明你也知道学汉文化对孩子们是有用处的，现在瑶胞一时不能理解，以后他们都会理解的。

蓝朝堂说，这不晓得要等到哪一天哦，我死都不一定看得到了。

杜孝和说，蓝村长，你不能泄气啊！就拿石林来说吧，你不能因为现在这个局面就不让他去接受汉文化了，石林画得一手好画，是无师自通的小天才啊，说不定能有大出息的。

蓝朝堂摆摆手说，那些瞎画的东西更加靠不住了，就是画得跟真的一样也不能吃啊。

杜孝和指着蓝朝堂的屋子说，你这屋建起来要不要画张图？

蓝朝堂说，大概要描一下的，有个样。

杜孝和说，那就是了，有画画功底的人，可以成为画家，画出艺术品，也可以成为建筑师，设计出不同的房屋。瑶家人的屋子有自己的特色，但很多地方也可以跟外边学。像你住这屋，窗户要多开两个就不会这么暗，这么不透气了。如果石林学了这么个技术，那什么房子他都能设计出来，都能建出来。前些天莫科长回县城，我已经托他把石林画的画寄到北平，让大教授来欣赏他的画作了，真说不准那个大教授能收石林为徒呢。

蓝朝堂的眼睛闪了闪，你说的是北平的教授？

杜孝和说，是啊，我以前也学过画，胡乱学了一点皮毛，教我画画的老师可是北平顶有名气的教授呢。在他眼里，我这样的就是笨蛋，学不好的，而像石林那样的，他不知道该有多喜欢呢。你信不信，有一天石林能到北平去上学？

蓝朝堂被北平这个词给打动了，从小他就听父亲蓝公布讲，那是个皇帝住的地方，不是一般人能去的。蓝朝堂强忍住心中的波动，一个劲地往嘴里灌茶水。

杜孝和说，蓝村长，咱们说几句交心的话，石林上学的事先不提，就说化瑶小学关门这件事儿，如果瑶山有一批像你这样的文化人，把开化的风气引进来，反对开化的人还会这么多吗？说到底，就是有文化的人少，长期封闭才会这样，你说是不是这个道理？

蓝朝堂说，道理是这样，可是细胳膊拧不过大腿，说也白说，事实就这样了，谁能改变得了？我们这里千百年来都是“瑶还瑶，朝还朝，朝不管瑶，瑶不拜朝”。现在政府已经在大瑶山的乡村强行“开化”，实行乡村编组，任有乡长、村长、甲长，把我们二十四花山七十二瑶村肢解得七零八落，许多瑶民想不开啊。

杜孝和说，对，短期内改变肯定难，很难，但咱们能做的得做啊。就像我和王先生来这里做调查工作，我们能说不来这么偏远的地方吗？得来啊。在我们之后还会有越来越多的人来，每一个进来的人，都把山外边的空气带进来，时间长了瑶山会改变的。政府开化瑶山，最主要的原因是瑶山闭塞、落后、贫穷，他们要帮助、指导开发瑶山，充分利用大瑶山的各种资源建设大瑶山，让瑶山像汉区壮区一样文明富裕发达。

蓝朝堂说，说实话，我以前也这么想的，前几年到南宁学习，我特别开心，我想等我回来一定要让这里的孩子知道外边是怎样的，等我们的后代有了文化，就会像汉人壮人一样聪明，再不受欺负和欺骗，就容易掌握先进的技术，摆脱贫穷，这又有什么不好呢？可我的同胞哪里理解我这份心啊？都把我当瑶奸了，我这条腿——说到这里，蓝朝堂的拳头在腿上砸了几拳，泪水溢出眼眶。

杜孝和的手在蓝朝堂背上拍了拍，这么一个汉子，也是伤到心了。

蓝朝堂抹一把泪继续说，再说到汉人，我能说汉话，与汉人打交道又怎样？在他们眼里，我还是个山里的野瑶人。唉，浪费那些年学汉话的时光，我还不如在山里好好种一季稻子，进山里打上几天猎，早一点娶老婆，多生几个孩子。

杜孝和知道，蓝朝堂心里的矛盾和苦恼，正是一种文化与另一种文化融合过程中带来的必然创伤，蓝朝堂是一个铺路人，后来人的路就好走了。所以杜孝和决定再努一把力。他说，蓝村长，我会尽力协助你让化瑶小学的大门重开，让石林和别的孩子都有学上。

蓝朝堂说，我就再信你们一回，你如果能让化瑶小学重新开门，无论砸锅卖铁我都会供石林上学，有哪个当爸的不希望自己的孩子有出息呀。

杜孝和做完蓝朝堂的思想工作，感到很有进展，心里高兴，急着要把这个好消息与王知微分享，就跟蓝朝堂打听村庙在哪个位置。问清楚庙的方位，杜孝和与蓝朝堂告别，顺着村里的小路找人去了。没走得两步，肚子突然绞痛难当，杜孝和只得赶紧跑回家上茅房，蹲着一直腹泻，头上虚汗直冒，腿都软了。他捂着肚子回屋，倒一杯开水喝下，没几分钟肚子又是一阵绞痛，不得不再跑茅房。一来二去，人虚脱得躺床上去了。

这时候王知微和蓝美凤回来了，看杜孝和难受的样子，王知微马上翻箱子把药找出来。

蓝美凤问杜孝和是不是吃了什么不干净的东西。杜孝和说，今天回来的路上，有一家坳瑶很热情，招待我吃了好多腊肉，还有几只冷粑粑。

蓝美凤说，杜先生，我看问题出在粑粑上，你要不要吃我们瑶山的草药？有好几种草药治拉肚子很快见效的。

王知微有些担心地说，要不下次吧，都拉成这样了。

杜孝和说，没问题，美凤你赶紧给我煮药去吧，这些西药我就不吃了。

蓝美凤点点头说，家里有药，我马上就去煮。

看蓝美凤出了门，王知微跟杜孝和说，都拉成这样了，如果那草药不起作用你就受罪了。

杜孝和说，我身体一贯比较好，这拉肚子又不是什么大病，让美凤有机会试试身手也好。

过得一会儿，蓝美凤端来两碗药水。她拿起第一碗说，杜先生，这药你喝下去马上还要上一次茅房，拉完之后再喝这第二碗药，保证就不会再拉了。

果然，第一碗下肚没几分钟，杜孝和又跑了一次茅房，回来紧接着喝第二碗药，药水下肚，整个肠胃暖乎乎的，果真再也没拉。

本来杜孝和的心是有些提着的，不是担心自己让蓝美凤治坏了，而是担心美凤信心刚受挫不久，不能再受挫了，所以一心只盼望自己赶快好了，让美凤找回一份自信。这下好，杜孝和有理由夸奖美凤了，他说，美凤还真是女神医啊，就这么两碗药水，快速止泻。

蓝美凤也高兴得满脸通红，她说，我刚才还想，如果这么个小小的拉肚子我都不能治的话，不用我阿爸说，我自己也要把那些药草当柴火烧了，以后不给人瞧病了。

王知微说，美凤，真对不起啊，刚才我还不信你呢。

蓝美凤说，你不信能让我给杜先生喂药？

王知微说，是孝和信你，他就信你是女神医。

蓝美凤说，杜先生是个大好人。

杜孝和说，还有一件高兴的事跟你们说呢，美凤，我今天跟你阿爸说通了，他同意送石林上学了。

蓝美凤拍起巴掌说，石林有福气了。接着又叹气，我就没这好命了，阿姐，要不你们走的时候把我带上吧，侍候你们也行。

王知微说，你这丫头说什么呢，我们不用人侍候。

蓝美凤说，我真要走也走不了呢，走了谁侍候我阿妈，谁照顾这个家？蓝美凤情绪低落下来。

杜孝和说，美凤，说说你想出去的理由。

蓝美凤说，我想像你们那样在学堂里读书，一本一本书读下来，提起笔就能写字，我还想看看外边的人穿成哪样，住成哪样？反正想的很多。我不会在外边待一辈子的，就想去看看。

杜孝和从枕头下掏出一本书来，他说，美凤，这本书我没事的时候就翻出来读，题目叫《唐诗三百首》。你别小看了这本书，真要读懂读通了你也能作诗了，你只要能把这本书上的字全认得，读懂了，我们就带你出去看看，看你想看的。

蓝美凤顿时来了精神，她把书接过来翻了翻说，这书不算太厚嘛，杜先生，你要说话算话，不能反悔哦，如果你们走了到时也要回来接我。

杜孝和说，跟你一个小姑娘我还能说话不算话？

蓝美凤让杜孝和伸出手来，她伸出右手掌在上面拍了三次说，这是我们瑶人定誓约的仪式，不得反悔的。

杜孝和说，说话算话，绝不反悔。

夜里，杜孝和坐在火塘边一边烤火一边读书，王知微把美凤留下来的药水又给他热了一碗。她说，孝和，我觉得美凤可以把那本《唐诗三百首》读下来的。

杜孝和放下书本，看着王知微说，你这么看好她？能把那本书读懂，也有中学的水平了。

王知微说，真的读完你要不要兑现你的话？

杜孝和说，你觉得呢？

王知微说，如果到时你不兑现的话，我就替你兑现，我要把美凤带出去上学，上大学，最差她也可以当个女大夫。

杜孝和笑了，好厉害的王先生，一个不识字的姑娘，要是真有这么大的毅力，我们成全她又有何不可？

王知微说，你得跟我说说你是怎么说动蓝村长，让他同意石林上学的？

王知微这个问题提出来，杜孝和的表情一下凝重了。他说，这个同意是有条件的，眼下化瑶小学被关闭，我和蓝村长说好了，我这边想办法让学校大门重开，他保证以后让蓝石林上学，其实说来说去这根本就是一回事。

王知微皱起眉头说，这恐怕不是一天两天能解决的问题，蓝村长为这事还挨过黑枪，可见瑶民当中很多人是反对的，你真有把握？

杜孝和说，这事不是说有没有把握，而是一定要做成，现在也不是只为了蓝石林一个孩子，是为了大瑶山所有的孩子。

王知微说，好，你怎么做我都支持你。

王巷村的化瑶小学离村子有一里地远，杜孝和和王知微这段时间往那跑得比较勤。他们发现这所小学的选址特别好，村子里凡是平整的地方都起了房子，要不就是种了庄稼，没有专门的空地让孩子们玩耍。而王巷化瑶小学背靠山，前边有半个篮球场大小的空地，只是不太平整。

杜孝和向村里人请教打石头平整地面的方法，他自己掏钱请了几个村民来做这件事。大家不知道杜孝和这是要干吗，问他，他说以后就知道了。一个多星期后一块平地整出来。杜孝和请权芳根她阿爸在岩壁上打了个桩，再挂上权父编的一只小藤筐充当篮球圈。后来，他们托莫英谷在县里买的一个篮球也送到了。谜底就揭晓了——原来杜先生是要教孩子们打篮球啊！

杜孝和召集孩子们玩起了篮球。一开始玩简单的，先画一条线，站在线后边投球，谁把球掷进圈里的次数多就算赢。过了一段时间，再多画几条线，那线离篮圈越来越远，那站得越远投得进圈的分数就越高。等不少人的投篮水平提高了，杜孝和开始训练大家搞比赛，分两队人马，抢到球投进圈里算得一分，打半个小时一场，分数高的算赢。村里的孩子们、年轻人对这样一个运动产生了极大的兴趣，只要一有空就往小学跑。每天那里成了年轻人开心玩乐的地方。晚饭一过场地上就站满了人，年轻人参加投球赛，老人女人在一旁看热闹。晚间舍不得走的还燃了火把照明投篮。不过，为了不影响第二天的生活，杜孝和一般到八点半就劝大家散了。没有他做裁判，大家也打得不起劲，所以基本上是他走，大家都散了。

有时杜孝和不在家，大家打球的时候为规则争执不下，就跑去叫王知微出来当裁判。王知微为了当好这个裁判，更加勤学瑶话。后来大家更喜欢找她做裁判，他们说，王先生能说我们的话呢，比杜先生厉害。

杜孝和在日记里记下这个活动唯一美中不足之处，如果篮球不小心滚落到山崖下，去找球的孩子经常得带饭出去，半天才拾得回来。

与此同时，化瑶小学的教室门悄悄打开。杜孝和让孩子先学习再打球，或者打完球再学习。他教给孩子们的首先就是比赛规则，再让大家认数字，认得数字还不够，往下又要认得前和后、左和右、高和低。就这样，杜孝和和王知微当老师，一个字一个字地教孩子们。谁也没有认真发现，这化瑶小学重新开门了。

杜孝和在教室后边挂了一幅他亲自写的大横幅：我爱大瑶山。这几个字每个进教室的孩子都要读，那阵子孩子们嘴里说的汉话，来来回回最多的就是这一句：我爱大瑶山。

一开始家长们以为孩子们只是去小学玩耍，后来发现孩子们还学习汉话了。各家家长好像心照不宣地都不提这件事。

化瑶小学的课程就慢慢正常化了，一开始是一个星期一次课，慢慢增加到两次。杜孝和他们如果没时间，就让蓝朝堂来顶课。后来，全部像过去那样由蓝朝堂来执教鞭了。

杜孝和跟蓝朝堂说，如今这样化瑶小学不算真正开门授课，但总比没课上要好，我会再想办法让化瑶小学的课程正常化的，这需要时间。

杜孝和能做到这份上蓝朝堂虽然没说什么，心里已经是很佩服了，只要有课，他认认真真地按照课本上的来教，蓝石林也来上学了。

四

一开始杜孝和他们的用水大多都是蓝美凤姐弟给他们挑来的，杜孝和知道挑水的地方以后，就自己抢着去挑。

取水的地方是一处山泉眼，水特别清澈。村民们将蓄水的岩窝扩大了，再用竹片做成的水笕将水从高处引下来，到了下边再分上下两坎，饮水在上坎，下坎一般就用来饮牛饮马、洗衣服什么的。

头几次挑水，杜孝和的肩膀磨烂了，伤口又痛又辣，晚上都睡不好觉。他跟王知微说，人家说我们书生四体不勤五谷不分是对的，挑几担水就成这样了，太没用了，石林那样瘦小，还经常打赤脚挑着担子跑呢。

王知微笑着说，我们真要进山里做神仙，首先四体得勤快起来，不然真是做不成了。

杜孝和咬牙把挑水这事担下来，半个月以后习惯了，肩膀不痛了，走起来也轻快了。

这天王知微说要洗澡，因为天气凉了，要烧许多热水，杜孝和看水剩得不多，就担水桶出门了。

到了泉眼那里，看到相秀妹在下坎洗衣服，她还带了两个儿子一块来。大儿子名叫蓝扶民，七岁多，在附近的草坡上割草。小的叫蓝扶冲，才两岁，坐在阿妈身边吃野果子。

杜孝和跟秀妹打了个招呼，秀妹，阿行又上山打鸟了？

相秀妹说，没有，他还在屋里睡觉。

杜孝和把水桶装满，正要担起，在草坡上打草的蓝扶民突然传来惊恐的叫喊。杜孝和下意识扔下担子撒开腿就朝坡上跑。秀妹也跟着杜孝和往坡上跑，又担心蓝扶冲一个人待在水边不安全，回身抱着小的，人就落后了几步。

杜孝和跑到蓝扶民跟前，一下怔住了，眼前的景象着实吓人。一条手腕粗细、皮色斑斓的长蛇缠绕住蓝扶民的腰和左腿，蛇头很是小巧，呈三角状，紧紧咬住孩子肚脐一带。这季节孩子穿的衣服较厚，杜孝和无法判断孩子是否被咬伤了，这种紧急状况下，想不了太多，为了不让孩子进一步被伤害，他硬着头皮冲上去一手捏住蛇头，一手摁住蛇七寸使劲把蛇往下拽。蛇始终未松嘴，随着拉扯将孩子的衣服拽下一块布条来，被刺激到的蛇身迅速从蓝扶民的腰上松下反转过来要缠住杜孝和的手和腰。

相秀妹抱着小儿子冲上来的时候正看到杜孝和捉住蛇头的情景，那时杜孝和放不下，拿也快拿不住了。

相秀妹大喊，赶快扔了。她把孩子放下，做了一个抡的动作。

杜孝和咬咬牙，捏紧蛇头，手大力把蛇身抡起来，自己身体跟着快速转了好几圈，等他猛地松手时蛇一下被抡到林子里去了。

杜孝和一手的黏液和蛇鳞，心脏剧烈跳动，人恶心得呕起来。

相秀妹上前检查蓝扶民的身体，发现没有伤着，她赶紧把两个儿子拉下草坡，招呼杜孝和一块走。杜孝和一边往坡下走，一边干呕。

到泉眼边，秀妹拎桶水过来给杜孝和洗手。手洗干净后杜孝和坐到树下休息，他的心脏还是跳得厉害，刚才抡那几下使完了全身的力气，现在是后怕上来了，两只手一直在微微发抖。

相秀妹让蓝扶民过来给杜孝和磕头，杜孝和把孩子拉起来说，不用这个，不客气。

相秀妹不会说汉话，用手比画着说蓝扶民是割草的时候惊动蛇了，那蛇一看就是毒蛇。

他们一块收拾东西回家。杜孝和说，这里人来人往的，想不到还有蛇。

杜孝和回到家没一会儿，相秀妹拿了一只腊猪脚过来做谢礼，杜孝和坚决不要，推辞的过程中，蓝君行来了，他说，敢问杜先生的年纪？

杜孝和说，我属狗的，今年二十五了。

蓝君行说，难怪我说看先生这么亲昵，我们是同一年生的，杜先生愿不愿意跟我打老同？今天你救了我儿子，打了老同，以后我儿子也是你儿子了。

杜孝和知道这打老同在瑶家就是结拜兄弟的意思，一旦打了老同，瑶家人就把你当自家兄弟看了，他高兴地说，当然愿意。

蓝君行上前拉起他的手说，走，上我家去，我们拜祖宗去。

到了家里，不用交代，相秀妹已经把一只大公鸡捉来，拎了一壶酒。

蓝君行在祖宗牌位前点了香，杀公鸡祭祖后，与杜孝和喝了交杯酒。

蓝君行说，以后我就不叫你杜先生了，我叫你老同了。

杜孝和说，好，我也叫你老同，蓝老同。

蓝君行从胸口掏出一个挂件，他说，这是我祖宗传了好几代的东西，我不知道是什么，老同，就送你吧。

杜孝和接过来看，也不知道那是个什么物件，但那红色的质地让他判断是一块鸡血石，如果真是这样，这东西的价值就很高了。他说，阿行，你这东西太贵重，又是祖宗传下来的，我不能拿，你还是自己保存，以后传给扶民他们。

蓝君行把东西拿过来直接挂到杜孝和的脖子上说，一块红石头嘛，再贵也是块石头，老同你要看得起我就收了。

杜孝和还是不想收这么贵重的东西，把挂件取下来。蓝君行突然指着他衣服口袋上插着的钢笔说，老同，要不你把这支笔送给我当回礼？我不是读书人，但有时候就想有支笔写字。

杜孝和胸口上插的这支笔是王知微送的，他听蓝君行这么说，马上把笔取下来说，拿去，多写几个字。

蓝君行高高兴兴把笔接过来说，以后这东西我传给扶民，比传给他一块石头要好多了。

杜孝和还想把石头挂件塞回给蓝君行，蓝君行脸拉长了，老同，你是不是觉得这块石头不值钱，要不我把笔还给你啰？

杜孝和就有些尴尬了，挂件拿在手里还不是，要也不是。蓝君行突然眼睛一亮，老同，我还有个东西想讨你要，你把那东西给我，就抵得这块石头了。

杜孝和问是什么。

蓝君行说，就是你们晚上用来照亮的那个手电筒啊，如果有了那个手电筒，我晚上出去打飞狸就方便了。

杜孝和是带了三只手电筒下来的，他和王知微各用一只，经常走夜路手电筒是必须的，多出来的一只是备用的。现在蓝君行提出要，杜孝和满口就答应了，说明天就给他拿来。

蓝君行说，这手电筒真是奇怪，风都吹不灭的。

杜孝和说，手电筒用的是电池，不是明火，风当然吹不灭。

蓝君行说，飞狸见了这光，就不会跑，傻等着挨枪，改天我打得飞狸回来分你一半。

杜孝和手上还拿着那块石头。蓝君行说，老同，不要跟我客气了，我占大便宜了。

杜孝和心想现在一味地拒绝，恐怕会让阿行不高兴，还是暂且将石头收起来。于是说了谢谢，把石头挂回脖子上了。

说话间，相秀妹已经把酒菜端上来。蓝君行倒了满满一碗酒递给杜孝和说，来，老同，压压惊，你是第一次摸蛇吧？

杜孝和的酒量已经比刚来的时候好了许多，他把蓝君行敬的酒喝了，说，你还想要我摸几次啊？我从小到大没见过蛇，还摸呢。

蓝君行笑嘻嘻地说，那蛇摸起来又滑又冷，是不是啊？

杜孝和摆摆手说，不要再说了，一想我还恶心呢。

蓝君行哈哈大笑，在这山里头住久了，你还有大把机会碰到没碰上的事呢。

杜孝和的酒劲上来了，他说，反正我是再也不想摸蛇了，这阵子我也不想去挑水了，我这下是知道什么叫“一朝被蛇咬，十年怕井绳了”。

蓝君行说，老同，你一说一大串，听不懂，听不懂。

杜孝和说，听不懂你就多喝点。

那天晚上两人都喝醉了，杜孝和是王知微过来扶回家的。

第二天早上杜孝和起身工作时习惯地摸摸上衣口袋，发现笔不见了，这才想起昨晚把笔送给蓝君行了。这是王知微送他的礼物，他赶紧跟王知微解释说，昨天与阿行打老同，他送我一块石头挂件，我还礼把钢笔送他了，阿行说，他想用那笔来写写字。

王知微说，送就送了，杜孝和一生中不知道有多少支笔，可这就是阿行唯一的一支笔了，他肯定会比你珍惜的。

杜孝和说，谁说的？杜孝和一生当中只收过一个女人送的笔，那是我的知微送的，我怎么会不珍惜，就是珍惜才送给老同，别人还不可能送呢。

王知微说，着什么急啊，你当我会为这事生气啊，回北平我再送你一支好了。

杜孝和说，说好了，我就要你送的笔。这个阿行还看上我们的手电筒了，等会儿我把备用的给他送去。

瑶家人的田不多，所以每到收获的季节，大家都特别珍惜每一粒成熟的谷子。收割下来的稻谷扎成把，晒干后收仓。这里一年只种一季稻子，等谷子进仓大家都松了一口气，知道可以歇歇了。这个时候，经常就是瑶家人娶媳妇嫁女儿的时节了。

权芳根就是在这个时候出嫁的。

迎亲的队伍是大前天晚上就出发了，早早来到村口外等候，他们要在日落前把人娶进家门。凌晨三点钟刚过，蓝美凤就过来帮芳根梳头打扮。

蓝美凤把木梳浸到茶油里，梳理芳根又黑又长的头发，梳顺后将头发绾成发髻盘到顶上，上面再配上几件白晃晃的银饰。她说，芳根，从今天起，你就不能梳辫子了，成人家的媳妇了。

权芳根看着镜中的自己说，盘这么个高高的发髻我觉得比梳辫子好看。

蓝美凤说，是啊，赵壮火一定夸我们芳根是个大美人。

权芳根说，美凤，你说赵壮火会对我好吗？

蓝美凤说，你阿爸阿妈不是说他人好得很吗？你见过他，我又没有见过，还问我？

权芳根说，昨晚上，我听王巷村一个姨婆跟我妈说，壮火在家里是个懒汉呢，像种地这些活路从来都不干的。还说，他们家为了娶我借了别家好多债，他们家穷着呢。

蓝美凤说，人家穷你不能怪，谁让你爸要了人家一千斤猪肉的？就怕他人真的是懒汉。

权芳根说，你说，如果他就是个懒汉怎么办？

蓝美凤说，上山打猎，下地种田，这些活男人不出力怎么行，他如果真懒，你不能纵容他，要经常给他说道理啊，不然等你有了娃崽，更苦了。

权芳根说，嗯，这个我听你的。

蓝美凤拿出几包药说，照理说，给你陪嫁是不应该带这些东西的，但你每个月来事的时候肚子都痛，这些药给你准备着，你嫁过去以后可不能像过去那样让我给你煮药送上门来了，得自己煮了。另外这一种药是每月来完事后补身子的，没事抓一两包煮水喝，容易怀上娃。

权芳根把美凤紧紧抱住了。她说，美凤，我会想死你的。

迎亲队伍在权家吃完早饭就出发了。蓝美凤随着权家老少把权芳根送到村口。

这时候太阳刚刚升到山谷口，放眼看去，山路上依然雾气浓重，迎亲的队伍很快消失在路那边的拐弯处了。

杜孝和一直跟着迎亲的队伍，他是来照相的，瑶家婚俗的资料他也很注重收集。因为光线不够亮的缘故，他没有多拍，就新娘权芳根出门的时候拍了几张，迎亲的队伍也拍了几张。他看到蓝美凤送走权芳根后闷闷不乐地坐在路边，便主动上前去和蓝美凤搭话说，好姐妹走了，难过了？

蓝美凤说，我们从小一起长大，天天见面，现在一嫁嫁这么远，当然难过了。

杜孝和坐到美凤旁边说，是啊，每个人都有这种经历，我以前也有很多朋友玩伴，但我们家老搬家，每次搬家我的朋友就见不着了。后来出门上大学，我是家里最小的孩子，我姐姐舍不得我，我也舍不得她们，一年也见不上一次面。现在我来到这么远的地方，更是好几年也不回一次家。很多事情，我们都没有办法做主。

蓝美凤说，我前一阵子还说要跟你们走呢，真走了，肯定舍不得这里的山，这里的人。现在我有点懂赵果敢了，难怪他不愿意在外头上学呢。

杜孝和笑着说，汉话里有一句叫“故土难离”，说的就是这个意思，每个人都有自己的家乡，无论走到哪里都忘不了。

蓝美凤说，不过，还是像先生这样好，到处都可以走走看看，真要一辈子待在一个地方不挪窝也是会闷的呢，所以，我还是想到外边看看。那本《唐诗三百首》我读得一页半了，字真是难记，我上山打柴火、洗衣服，连剁猪草都在想那些字，差点没剁到手。我算了一下，如果我每天都能记十个字，最少一年时间，最多两年，这本书上的字我就可以全记下来了。

杜孝和笑着说，不急，做学问慢慢来，剁猪草不能分心，指头一个也不能少。

蓝美凤笑了起来，说，和先生说说话心情就好了。

杜孝和说，是吗？那你以后有不开心的尽管来找我们说，等会儿就到我们那去吃面吧，你知微姐说了，早饭吃面。

蓝美凤说，好的，吃面去。

村子的夜晚是最安静的，那虫鸣、犬吠、婴儿哭，都会衬出这静的底色，这层底色可以漫延到与之相伴的大山、森林。

似乎有女人尖厉的哭声响起，而后，那声音又变为压抑的、痛苦的号叫。杜孝和他们不是第一次听到类似的哭声，但还没有辨别出来源，那声音就没有了。这次很真切，哭声里还有争吵声。王知微首先分辨出来了，她说，是阿行家那边传来的声音，看来是阿行又打秀妹了。

杜孝和很吃惊，你怎么知道是阿行打秀妹？

王知微说，之前我们不是听到过哭声吗，我当时就觉得像是从阿行家传出来的，所以有一次我问秀妹了，可秀妹什么也没说，只是抹眼泪，我就问是不是阿行打她，她慌慌张张走了。

杜孝和说，这个老同就是我们说的大男子主义，觉得自己赚了点钱，平时在家里很威风。他有个坏毛病，每次出外把山货卖了回来都要狠狠地犒劳自己，吃肉喝酒。

王知微说，昨天他好像就是卖山货回来了，估计喝多了发酒疯就打老婆。他能打老虎就了不起了？秀妹在家喂猪带娃也很辛苦，而且我听说秀妹的枪法不比阿行差，也经常上山打猎呢。

杜孝和说，是啊，我见过秀妹扛火铳的。

王知微说，不行，我得去说说他。

杜孝和说，你去说吧，女的去说他好接受些。

王知微第二天就直接上蓝君行家，蓝君行两只眼睛发红，半眯着眼歪在火塘边抽水烟。王知微说，阿行，秀妹呢？

蓝君行说，是王先生啊，坐，坐，秀妹好像是打柴火去了吧。

王知微说，你昨晚上是不是打秀妹了？

蓝君行说，哦，吵到你们睡觉了？真不好意思哦，这个婆娘，就会大声号，下次再敢哭出声，我抽死她。

王知微说，你干吗要打她？

蓝君行笑嘻嘻地说，哪个男人不打老婆？正常的嘛。

王知微说，秀妹天天在家喂猪带娃很辛苦的，你不要以为你打过老虎就了不起了。

蓝君行还是笑呵呵地说，哪个女人不做同样的事，谁家女人不辛苦？王先生，这是小事情，你不用操心了。我昨晚装到一只芒鼠，你等下回去叫老同过来和我一块喝酒。

王知微说，你天天喝酒，也不见你舍得给秀妹买双鞋，我看秀妹都是光脚上山的。

蓝君行说，我每次下山也问过她了，她什么也不要哦。

王知微说，这样的好女人你还下得手打？她是不舍得花钱。你少喝一壶酒就可以帮她买双鞋子了。

蓝君行嘴里胡乱地应着，是，是。他抽水烟的兴致完全被王知微打断了，恨不得让她赶紧走人。他看王知微还想说，赶紧放下水烟说，王先生，我要上一下茅房，不好意思啊。说完麻溜从后面出去了。

王知微摇摇头，只能走了。

蓝君行到屋后菜园子边的茅房蹲了十来分钟才下来。远远地看到杜孝和在屋后洗衣服。蓝君行刚受王知微数落，不想再见杜孝和，矮下身子往牛栏边靠着走。杜孝和早看到蓝君行了，不让他躲，大声地跟蓝君行打招呼，老同，吃早饭了没有？

蓝君行装模作样在牛栏边看了看才走过来说，牛准备下崽了。

杜孝和说，好消息。

蓝君行说，这比女人生崽还让人高兴。蓝君行蹲坐在杜孝和上方的大岩石上，哈欠连天。

杜孝和把衣服搓好，倒了清水过衣服，过完拧干了往晾衣竿上晒。蓝君行突然发现杜孝和晾的衣服是女人的衣服，他赶忙站起来说，老同啊，你怎么能帮女人洗衣服呢，这样会衰的。

杜孝和说，谁告诉你这样会衰的？

蓝君行拍拍大腿说，说了你也不信，如果我老婆把她的衣服和我的泡一起我都要揍她的哦。

杜孝和说，这我就要说你了，女人应该得到尊重，你还打老婆，哪天她跑了你就后悔了。

蓝君行不以为然地笑了说，我没有老同这样怕老婆的。

杜孝和说，你不要把尊重说成是怕啊，你对她好，爱护她，她不就能更长久地陪你吗？

蓝君行听得心烦，拍拍屁股说，老同，看这天气不错，我上山打几只鸟去。

杜孝和知道他是不愿听这些教训的话，想开溜了，便说，你不会是要跑圣堂山上去吧？

蓝君和说，是哩。

蓝君行每次进山都满载而归，有时一两天就能往返，有时候在山里住上一个星期，花费那样的时间一般是有大收获了，光扛那些战利品都要花费不少工夫。蓝君行曾经告诉过杜孝和，圣堂山他一年会去三次，不能超过三次。他说那是座神山，进山打猎是老天爷赏饭吃，打得多少算多少，不能贪。

这也是瑶民生活的法则，他们一年只种一次稻谷，让田地得到充分的休息。挖野菌时不能一窝全挖光，要留上一两根，不然，第二年就不容易长出来了。三月份是不让下河捕鱼的，那是鱼产卵的季节。

杜孝和看得出蓝君行是要躲他，所以故意问他是不是要上圣堂山。蓝君行本来也计划要去圣堂山的，只是没计划在今天。昨天卖的山货里有几张果子狸皮价钱不错，他还想多猎几只呢。昨晚上秀妹是气他花钱买了很多烟丝，唠叨了几句，他就顺手拿棍子抽打秀妹。平时打惯了，没觉得有什么不妥，可这次杜孝和夫妇一早上就教训他来了，他实在是不想听。现在听杜孝和问他是不是要上圣堂山，他干脆回答是了。

过了一会儿，杜孝和还真是看到蓝君行拎着火铳，身上背着箭袋出发了。蓝君行手上还拿了他送的那只手电筒，向他晃了晃说，老同，有了你这个东西，我这几天应该能打翻倍的飞狸。

杜孝和只有遥祝他这位老同说，老同，多打几只回来！

蓝君行摆摆手说，回来请你喝酒。

这次上山蓝君行四天后才回来，打回一只野猪、七八只兔子、六只飞狸、两只果子狸，还有一兜子的鸟，收获不错。

蓝君行早把之前的不快忘了，送了两只兔子两只飞狸给杜孝和他们。

杜孝和他们的伙食经常因为蓝君行得到改善。他说，阿行，你什么时候教我用火铳，我也跟你上一次山。

蓝君行没有言语，拿了火铳，装弹上膛，领着杜孝和走到屋后。蓝君行朝屋后结挂在岩石边的几只老水瓜射去，一只水瓜应声掉下来。他骄傲地把枪递给杜孝和说，试试。

杜孝和扛枪瞄准，一枪出去，只听到声响，不知道子弹飞哪了。

蓝君行手把手指点了一下，让杜孝和再放枪，一枪出去子弹在岩石上蹦了几下。蓝君行说，老同，读书我比不过你，拿枪打鸟你就比不过我了，小时候我爸不让我玩鸟铳，可是六岁那年我忍不住拿过来就这么一瞄，平生放的第一枪就把鸟打下来了。

杜孝和说，术业有专攻，行行出状元。

蓝君行说，老同，这回你说这个我懂，状元我懂。他得意地伸出大拇指说，你夸我是这个对不?

杜孝和点点头说，是啊。

蓝君行说，老同，你要想学，我可以借一把火铳让你练，我也不怕你浪费弹药，等你哪天能把屋后这些老水瓜射下来我就带你进山了。

杜孝和说，好啊，我得赶紧练手。

蓝君行回家取了一把火铳给杜孝和，他说，这是秀妹的火铳，借给你用，秀妹用这杆枪打过好几头野猪哩，她打枪的准头不比男人差的哦。

杜孝和说，你这么说我就有压力了，好猎人用好枪，让我拿这杆枪来练手，如果不练出点成绩来，这枪都不放过我。

蓝君行说，枪真是有灵的，我的枪就认我，我喝酒喝多了，也从不放空枪，枪自己能认路。

杜孝和一听，这牛开始吹上了，配合着说，万物皆有灵，以后估计你不用上山，枪都可以帮你把兽打下来。

蓝君行呵呵笑说，这倒不会，枪还是要拿在手上的。

杜孝和看蓝君行又实诚起来了，忍不住哈哈笑了。

那以后杜孝和多了一个娱乐活动，拿着火铳对着屋后菜园子射老水瓜。话说枪在手上真是有猎人的感觉，只可惜杜孝和从来没有打下来一只水瓜。他跟王知微说，人家蓝君行还真是有天分的，这个不得不佩服。我这四只眼，比不了人家两只眼。

王知微说，别泄气啊，我还等着哪天你跟蓝君行上山也打只野猪回来让我腊在火塘上呢。

杜孝和笑着说，你这么说，我真还得下苦力练。

蓝君行只要在他家屋里听到火铳响，就哧哧地笑。他经常对蓝扶民说，儿子，你去看看，你干爹有没有把老水瓜打下来？

蓝扶民看回来报说没有，蓝君行就得意地说，秀才就是秀才，我阿行能扛枪，你就是不行。

蓝扶民在一旁问，阿爸，你昨天说让我学写字，那我还是扛抢打鸟好了。

蓝君行一巴掌轻拍到儿子头上说，儿子，你是既要会放枪打鸟，又要能提笔写字，这就叫文武双全，比你阿爸，比你干爹都要强！

杜孝和一直没达到蓝君行的标准，屋后的水瓜还好好地长着，并且一个个地老去。他没得跟神枪手上山去打猎，却跟蓝石林去过了一把捉蜜蜂的瘾。

那天王知微正在蓝家“采访”蓝朝堂，因为蓝朝堂平常也很忙，他们都是见缝插针地跟他了解情况，收集资料。而王知微循循善诱，特别能让蓝朝堂打开话匣子，所以一般杜孝和都把这个任务交给她来做。

杜孝和在门口晒太阳看书，看见蓝石林慌慌张张跑回家，拿了一只大口袋和火折子又往外跑。杜孝和问石林去哪，石林说去采蜂窝。

杜孝和说，石林，我也想去见识一下，看看你是怎么抓蜜蜂的。

蓝石林说，好啊，好玩得很。

杜孝和赶紧回屋换衣服和蓝石林上山了。

蓝美凤在屋里听到他们的对白，怕杜孝和被蜂蜇到，准备了一小袋子药草和吃食，追他们去了。蓝美凤很快就追上了石林他们，石林说，姐，你怎么来了？

蓝美凤说，你带杜先生上山也不准备点吃的，你这采蜂不得等到天黑啊，你挨得饿，先生挨不了。

蓝石林不好意思地说，我没想这么多。

蓝美凤说，你在哪里发现的蜂窝？

蓝石林说，后山崖。

蓝美凤说，我天天打那里过，没见过有蜂群啊。

蓝石林说，我跟了两天，错不了。

原来连续几天蓝石林路过后山崖都发现有一群蜜蜂飞来飞去，他追到断崖边蜜蜂就不见了，一会儿又见有蜂飞上来。他估计蜂窝就在崖下边，于是攀了几棵崖边树往下走，果然看到有一棵枯树，树底下是个大树洞，树洞里面挂着一只十来斤的大蜂窝。这后山崖就在村子的后边，离村子不远，要不是蜂窝藏在崖下，早就被人采走了。

蓝石林到崖边，带着杜孝和和姐姐往下走，到枯树边杜孝和看到一个那样大的蜂巢好不吃惊，后悔没有带照相机来。这枯树旁还长了几丛叫不出名的花，上面栖着好些蜂儿。杜孝和看到有一只蜂儿的体型特别大，他指着那只蜂刚想向美凤发问，蜂儿却被他惊动，快速飞起。大蜂一飞起，带动了一小群蜂儿，蜂儿盘旋着就朝他们飞来。杜孝和担心蜂儿蜇到美凤和石林，赶紧把自己衣服脱下，盖在那姐弟的头脸上。杜孝和看到崖边有一块大石，下面有一个空隙，可以容得下两三个人，于是，他一手拉着蓝美凤，一手拉着蓝石林，朝岩石跑去。他把姐弟俩推进岩石里边，自己挡在外边。蜂群很快追了上来，它们并没有打算这么轻易放过杜孝和他们，另有蜂儿回巢报信去了，马上又有一群蜂儿从巢里飞出来。杜孝和以静制动，朝姐弟俩使神色，然后抱着头一动不动站着。那些蜂儿围着他飞了好一阵，其中两三只还不客气地蜇在他的手臂上、脖子上。杜孝和忍着痛痒，纹丝不动，蜂儿最终没发什么难，上上下下飞了十来分钟，三三两两地回巢了。

蓝美凤与杜孝和是面对面的，杜孝和身上的热量一阵阵扑到她身上，她被一种陌生却又喜欢的气息弄得无所适从，她一点也不敢动，被杜孝和遮挡着，她觉得外面那片天空和她已经没有什么关系了，待个十年八年的也没有关系。在这个人的罩护之下，她的心安静得就快不会跳了。也不知道过了多久，只听见杜孝和说，那些蜂应该走了。他一边说，一边轻轻将身子移开，手掌依然罩到她的头脸上，等确认外边已经没有蜂，他才松了一口气，移开身子，让姐弟俩从岩底下出来。

重见天日的蓝美凤觉得自己蒙了，分不清南北西东。石林说，姐，快啊，我们赶快上崖。蓝美凤才清醒过来，随着弟弟和杜孝和爬到崖上。

三个人找了一个阴凉地坐下。蓝美凤看杜孝和灰头土脸的样子，想笑又觉得心痛，她说，杜先生，好在我们来采的是蜜蜂窝，如果是地龙蜂，刚才那几下你的命就没了。蓝美凤拿出药草放到嘴里嚼，嚼碎敷到杜孝和胳膊和颈上被蜂蜇到的地方。

杜孝和嘴里发出啧啧的声音，他说，这药草好清凉啊，别看这蜜蜂小小一只，蜇人一点不留情，又痒又痛，奇怪了，刚才我没惹它们呀，怎么一下子就找上我们了？

蓝美凤说，在蜂巢边，蜂是最警醒的，刚才那一只大蜂是守巢的，人身上有气味，你刚才那么一动它马上能感觉到的。以后碰到这种事，你别管我们，我们比你有办法。

杜孝和说，怎么能不管，你们这两个小孩儿！刚才我最担心那一窝蜂全跑出来，我再怎么挡也挡不住，别把你们蜇坏了。

蓝美凤听这话心里酸酸的，在他眼里她到底是多么小的一个小孩子呢？再看自己头上还顶着他的衣服呢，她赶紧把衣服递过去说，先生，你赶紧穿衣服吧。

杜孝和一边穿衣服一边说，等会儿怎么把蜂窝采下来呢？

蓝石林说，先生不急，等到天黑了，我们再用火烧。现在只能等了。

蓝美凤把背包打开取出两包饭和几只芋头说，现在太阳快下山了，杜先生你肚子饿了就先吃点。

杜孝和把饭打开说，来，我们分着吃，大家都饿了。很快地，三个人把带上山的东西都吃光了。

蓝美凤说，等下回去还有夜宵吃，我们留点肚子。

杜孝和哈哈笑了说，是啊，留肚子啊，等会采了蜂就有蜜糖吃了。

蓝美凤说，有比蜜糖更好吃的，我阿爸最爱吃蜂蛹，炒一碟可以下一壶酒。

杜孝和说，看来今晚上我又可以尝到一种新食物了，我从来没吃过蜂蛹。

蓝美凤说，保证你爱吃，炒出来香喷喷的。

蓝石林说，不晓得这窝蜂蜜多不多，阿妈最爱喝蜂蜜水了。

杜孝和说，蜂蜜是好东西，你们阿妈吃了能补身子的，石林好孝顺呢！

蓝石林咧开嘴笑了。

蓝美凤说，杜先生，现在时间还早呢，要不你给我和石林讲你的故事？

杜孝和说，没问题啊，你们想听什么？

蓝美凤说，我就想知道你阿妈是怎么样的一个人，她怎么可以把你教得这么有学问的？

想不到蓝美凤会提到他的妈妈。杜孝和微微闭起眼睛，脑子里立即浮上母亲那张俊秀的脸。在这样一个黄昏，这样一个美丽的山野里，杜孝和倒是愿意和别人来讲述他的母亲。

杜孝和说，我妈妈跟你们的阿妈一样都很能吃苦。我家里有六兄妹，还有姑姑、祖父母，一大家子人全靠我爸一个人的薪水来养活。我妈妈特别会持家，把家里的生活安排得很好，我们都没有受过什么苦。妈妈因为平时操劳，很年轻就患了重病，临死前，她把我们兄弟姐妹都叫到她床前，她给我们看了她的日常开支表，那上面开支最大的一项就是教育，就是供我们兄妹几人上学读书的费用。妈妈说，家里的每一项开支都是以教育为中心的，教育支出多，其他方面就缩减，她说，她临死前最安心的事情就是我们都得到了最好的教育，她希望我们以后都能好好做学问，成为一个有出息的人。

杜孝和一边讲，一边回忆着自己的母亲，眼泪悄悄地流下来。他不好意思地抹了抹眼泪说，所以，我不敢不努力，我怕对不起我妈妈……

蓝美凤姐弟也流下了眼泪。

蓝美凤说，先生的妈妈好了不得。

杜孝和说，天下的母亲都是伟大的，石林，你阿妈为了把你生下来受了大苦，她也是为了宽慰你的阿公、阿爸，她现在一身是病，她最值得你们去爱护，去孝顺，我最遗憾的是没有侍候过自己的母亲一天。

蓝美凤说，嗯，杜先生说得对，我们会好好孝顺我们阿妈的。

说着话，天色已经黑透。杜孝和说，好了，石林，我们烧蜂窝去吧，希望等下可以采到很多的蜜糖给你阿妈。

三人再次来到崖下边的枯树边，收集树枝树叶堆进树洞，石林开始点火。随着火噼噼啪啪地燃烧，受惊动的蜂儿从窝里飞出来，它们没往人这边飞，却像飞蛾扑火一般，纷纷投身火海。烧了好一阵，石林把明火压灭，火堆升腾起大量的烟雾。美凤说，现在是用火烟来熏待在窝里的蜂。又熏了半个小时左右，蓝石林说，可以了。他们把火全部扑灭，石林半个身子钻进树洞，只见他用一根棍子捅了捅，巨大的蜂巢掉下来。

杜孝和情不自禁发出欢呼声。美凤上前与石林一道将大蜂巢装进口袋。

这么大一只蜂窝拿回家，全家人都兴奋了。早已睡下的美凤阿妈也起身喝了一碗新鲜的蜂蜜水。那蜂窝割了至少五六斤的蜜，美凤说，阿妈，够你喝一年了。

蓝朝堂让美凤马上给他炒上一碟蜂蛹，他要和杜孝和喝夜酒。王知微先前一直在这与蓝朝堂聊天收集资料，俩人也聊乏了。等焦香的蜂蛹端上来，蓝朝堂的精神来了，大声招呼杜孝和他们一块吃。杜孝和尝了一颗，那蜂蛹果然是香膏满嘴，他赶紧夹了一颗给王知微说，真的不错，尝尝。王知微本来看蜂蛹的模样有点吓人，不太敢吃，可那香味实在是太诱惑人，杜孝和送到她嘴边的她勉强吃了，反应也跟杜孝和一样，人间美味啊！

蓝朝堂说，这样一碟蜂蛹你就是拿一条猪腿来和我换我都不干。

杜孝和说，那是当然，猪腿常有，而蜂蛹不常有嘛。

蓝朝堂哈哈大笑说，是的，是的，猪腿常有，而蜂蛹不常有。

三人边吃边喝，聊到半夜。

蓝美凤没陪着阿爸和客人，她给阿爸和杜先生他们炒好蜂蛹就回屋睡了。她当然是睡不着的，她只不过想好好理一下自己的心情。白天在崖下，杜先生那样奋不顾身地挡在她跟前，那一阵子她为什么就好像丢了魂一样呢？她感觉好高兴，好欢喜呢。她的脸发烧了，她用手捂住脸，一股股热流在身体里流窜。她想，自己是喜欢上这个男人了。她被自己这个想法惊得心口扑扑地跳。王知微亲切的笑颜突然像一盏灯一样晃进她的脑海里，蓝美凤猛地坐起来，她被自己不道德的心事给吓到了。那是阿姐的男人，我怎么去喜欢阿姐的男人，太不要脸了，可以去死了！蓝美凤开始咒骂自己，她用手掐自己的大腿，最后又很无力地劝诫自己——这个男人不属于大瑶山，他只是过客，他很快会离开这里！

她到底还是没有说服自己，我就是喜欢他，我谁也不告诉，谁也不会知道的……

蓝美凤在痛苦的纠结中昏昏睡去。

五

蓝美凤往猪槽倒进第三桶潲水了，看小猪们挤一块吃得咂咂响，她心里美得很。她又托人从圩场上买回三只猪崽，加上原先四只大的，每天打猪草，煮猪食都要占去不少时间，所以现在她比往常都要起得早，早早上山打猪草，她是在给石林攒学费呢，杜先生说石林画画有天赋，说不准哪天就能到大地方去学画画，得早做打算。

蓝美凤一边熬猪食，一边坐在火塘边读《唐诗三百首》。她一手拿着书，另外一只手拿根木棍在灰上写字。她给自己定的计划是每天认六个字，一般是头天让王知微教她读上几遍，讲解一下意思，然后就全靠她自己抄写记忆了。第二天记不住的，又得请教王知微，再抄再记。现在过去半个月，她已经能读下五六首诗，但上面的字能默写下来的就十来个。蓝美凤一点也不着急，她相信自己能把这本书啃下来，经常的，她想象着在杜孝和王知微跟前大声地将这整本书背下来他们惊讶万分的情形，她抱着书本能笑出声来。

“藏”是一个极难写的字，蓝美凤把灰平整了一遍又一遍，写着写着又忘了笔画，得翻开书来查。她忍不住自言自语，这字是谁造的啊，难道少几笔不行吗？

蓝美凤写得太专注，杜孝和进屋来她没发现。杜孝和看蓝美凤念念有词蹲在火塘边，过去一看，灰上写着一个大大的“藏”字。他笑出声来，这字不容易吧？

蓝美凤抬起头说，杜先生，有些字真不太好记，拐来拐去的，我手都转不过来。

杜孝和也拾起一根树枝说，这字其实要记也不难，你看，它的常用意思是躲起来，把东西收起来，你就想着这藏在草里头，所以用草字头，中间有个“臣”字，之前教过你了，这么一组合，不就写出来了吗？

蓝美凤说，对啊，你这么说，我就容易记了。

杜孝和说，等你学会更多的字，慢慢就会发现汉字特别有意思，有时候就像给你画一幅画一样。

蓝美凤说，嗯，知微姐也是这么跟我说的。她看到杜孝和手里拿着几只鸡蛋就问，先生从哪里要来的鸡蛋？

杜孝和说，刚才我是想上盘士暖家买，他家养的鸡好像是村里最多的了，但他死活不收我钱，白送我了。明天是你知微姐姐的生日，我想给她煮几只红鸡蛋，但找不到红染料，你家里有吗？一张红纸就行了。

蓝美凤说，红纸没有，红的胭脂粉有一盒，我拿给你看能用吗？蓝美凤回屋拿出一小盒胭脂粉，这粉是赵果敢送的，她一直没用上。

杜孝和说，这东西用来染鸡蛋太可惜了。

蓝美凤说，有什么可惜的，反正我也不用。

杜孝和说，那好，我就抠一点点，把鸡蛋皮染红就行了。

蓝美凤说，杜先生，知微姐过生日你就染几个红蛋吗？

杜先生说，我本来想给她买件礼物，但在这儿也没地方买，所以打算煮几个蛋，再擀个面，给她煮一碗寿面。这事你先别跟她提，她好像都不记得自己的生日了，我想让她惊喜一下。

蓝美凤说，杜先生，要说送知微姐礼物怎么都不如带她上圣堂山呢，知微姐肯定高兴，我都听她说过好几次了。

杜孝和说，对啊，我们一直说要去都没有把时间安排出来，这两天正好没什么事情，是可以去的。

蓝美凤说，如果这个月不去，再往后天就越来越冷了，圣堂山上会下雪的，你们想去也上不了山了。

杜孝和说，那我们就去圣堂山，不过，可能还得麻烦你做向导了。

蓝美凤说，我求之不得呢！这成语用得对吧，这是知微姐新教我的。先生您回去准备准备行李，明晚上得在山上住一晚，后天才能回到家。我赶紧把家里的事情打理好，再准备一些路上吃的食物。

杜孝和说，好的，辛苦你了。

回屋后杜孝和没有直接跟王知微说要去圣堂山，只告诉她，明天他们要去平乐村收集资料。王知微说，不是说下星期去的吗，怎么提前了？

杜孝和乐呵呵地收拾行李，还唱起歌来说，感觉明天是个好日子，所以明天出门。

王知微有些摸不着头脑，说，去平乐村有什么特别的，能让你这么高兴？

杜孝和忍住没说，招呼王知微，别写了，早点睡吧，明天路上有得累呢。

第二天早晨王知微还在梦中，听到杜孝和起来生火做饭的声音。她说，怎么就起来了？

杜孝和说，你再睡一会，我做个早饭。

等王知微起床，发现小桌上有一大碗面条，面上铺了两条长长的青葱，旁边一只瓷碗里盛了几枚红鸡蛋。她突然想起今天是自己的生日。王知微合起手来说，哇，前段时间我还记得我的生日，真到这一天反倒给忘了。孝和，你嘴还挺严实啊，偷偷背着我弄这么一出。

杜孝和坐到她身边说，亲爱的，生日快乐！你说你小时候，生日那天你妈妈都给你煮红鸡蛋，我也给你煮上了。还有这碗面条，是我昨晚上偷偷在美凤家擀好的，面条长长的，祝我的知微长命百岁。

俩人亲密地接吻，她在他耳边说谢谢。

王知微把面条吃得一干二净，汤也喝光了。她递了两只鸡蛋给杜孝和说，来，鸡蛋一块分享。

杜孝和说，亲爱的，我们还有好节目呢。

王知微拍拍手说，还有好节目啊？快点拿出来！

杜孝和把放在屋角的一只背包拿起来，替王知微背上说，那行，我们出发吧。杜孝和自己也背上了一只大背包。王知微说，节目在平乐村？

蓝美凤早已在门外候着。杜孝和牵着王知微的手出门说，这是我专门请的向导，美凤今天带领我们上圣堂山，访神仙去啰，这个节目好不好？

王知微吃惊地搂着杜孝和说，难怪我昨晚上梦到圣堂山的神树了，太谢谢你了，亲爱的。

杜孝和说，你还做梦了呀，那我们与圣堂山真有缘分啊。

蓝美凤站在一旁说，你们当着我的面就这么亲热吗？这一路还要不要我跟你们一块走了？

王知微笑着拉住蓝美凤的手说，当然要了，没有你，我们就只能在村里转转了。

杜孝和，这个主意还是美凤出的呢，否则我们也不知道啥时候才能上圣堂山。

王知微拉起蓝美凤的手说，美凤，走。

三人有说有笑地出发了。

虽说在村口就能看到圣堂山，可这么走着去，天刚擦亮出发，下午日头稍有点偏西的时候三人才走到圣堂山脚下。

这就是传说中的圣堂山吗？即便到了山脚，也无法看清它的面目，山上是漫天的云，漫天的雾。有时，一阵风掠过，裹在轻薄纱里的山峰和树忽地露出一角，美人羞涩态。

王知微说，美凤，快告诉我，那棵神树在哪个地方啊？

蓝美凤说，我只能告诉你，在山的最高处，那里长年都有云雾罩着，而且没有路，说实话，我从来都没有爬到山顶，只是远远地看到有这么一棵树。我阿爸倒是真正拜过那棵树，小时候我身体不好，他怕我死，所以上山求神树保佑我。

王知微说，你阿爸真疼你。

蓝美凤说，我这次一定也要好好拜拜神树，让我阿爸阿妈长命百岁。

杜孝和说，现在上山估计走到半山就天黑了吧？

蓝美凤说，是的，我们晚上住半山腰上的石屋，那是我们老祖留下来的，平时猎人进山都住那里。

他们沿着隐藏在树丛中的小路往上爬，一路上各种奇异的植物让他们惊叹不已，野蘑菇、木耳，随处可见，蓝美凤手上没闲着，一路走一路采。野果子也是随处可见，蓝美凤告诉杜孝和他们，这是刺莓，这是水葡萄，那是酸根。后来美凤还摘一把树叶让他们尝味道，那树叶嚼起来又酸又甜。美凤说，我们叫它龙舌兰，我上山打猪草，渴了累了就嚼一把。

王知微说，这山里边宝贝太多了。

蓝美凤指着一种一串串的小红果实说，我们叫这假柿子，看上去红艳艳的很漂亮，吃起来也酸甜酸甜的，但绝对不能多吃，只要吃上两把就会醉的。我以前觉得味道好，摘一大兜吃得欢，后来在山上睡了半天。

王知微听了赶紧从树上摘了一把说，我要尝一尝，竟然比酒还厉害。

杜孝和从她手里抢了一些过来说，你要想醉倒，等明晚上回到家再说吧，等会儿睡在这没人背得动你。

大家都哈哈大笑起来。

在他们眼前出现了一片开阔的向阳的草坡，开满各色的野花。蓝美凤说，圣堂山上杜鹃花最多，到处都是，开的花除了红紫黄白色的，还有一种变色的，开的时候先是白色，然后变粉色，最后还变成黄色。如果是四五月份上山，你们就有眼福了。不过，我们圣堂山山高，各种花很多，哪个季节上来都有花开着等你。

杜孝和看着那些花树基本叫不上名来，有的弱不禁风，在风中摇曳，有的却高高大大，正所谓杂树繁花。有的虽然花瓣如桂花般细小，但香味浓郁，不逊于桂花。崖壁边还有一丛丛的兰花科植物，花儿俏丽异常。

蓝美凤指着那花说，这叫石斛，这根茎能做药呢，我以前常常采些回去给我阿爸阿妈煮水喝，喝了养精神。说着，她从口袋里掏了一把米撒到花丛里，然后拔下几株石斛。

杜孝和说，美凤，你撒米干吗？

蓝美凤说，我们上山采草药的都要备一些米，等于是送给药神，因为我们要了它的药嘛，而且无论那药有多珍贵，都不能一下子采光，像这石斛是好东西，但我怎么样也要留下几株，不能全采了。

杜孝和说，这个方法好，有句话叫竭泽而渔，如果用排尽池中的水的方式来捕鱼，那来年就没鱼了。

蓝美凤说，对，我们瑶人很讲究这个，三四月份不兴下河捕鱼捕螺，那时候螺鱼正在产蛋呢。清明过后，各村都要用喊村的法子四下喊话，说清明过后了，不能挖笋了，挖完笋就不长新竹了。

王知微说，孝和，你有没有觉得瑶人的这些做法很符合天道啊？本来我看这花这么美，又能做药，还想采一两棵回去种，现在就不采了，留它长在山里面。

杜孝和说，对，让它们长在山上，自由自在的。

杜孝和采集了一些花，做成两个花冠，王知微一个，蓝美凤一个。她们把花冠戴到头上。

杜孝和说，你们两个就像西洋画中的天使。

蓝美凤问，什么是天使？

杜孝和说，就是天上下来的可爱的精灵，还长了两只小翅膀。

蓝美凤捂着嘴笑了，还长着翅膀呢。她心里乐开了花，

大山里天说暗就很快暗下来，他们终于天黑之前到达了石屋。石屋里有柴火，有灶，有水桶，有苞谷。杜孝和和王知微把背包放下来。杜孝和说，这里边东西好齐全，像平时有人住着的样子。

蓝美凤说，这是为上山的人准备的，我们今天到得晚，先把苞谷和米煮来吃了，再把我们带来的米留下来，明天我们把水和柴再准备一点，这是我们瑶人的规矩，得为后来人准备好东西，不能吃光用光甩手走人。

杜孝和说，好的，我们省着点用。

米饭煮出来是白黄相间的，上面还有一大块香喷喷的腊肉。蓝美凤拿出几只红干椒，问，要不要？杜孝和和王知微异口同声地说，要！

三人都饿了，腊肉红干椒拌饭，埋头就吃。

王知微说，这是我吃过最好吃的饭了，以前特别怕吃肥猪肉，可瑶家的腊肉，越是那肥的吃起来越香。

杜孝和夹起碗里的一块腊肉喂到王知微嘴里说，多吃点。

王知微说，不吃了，感觉要刚刚好，再吃就腻了。

杜孝和说，那说明你对腊肉还不够爱，现在再给我来一只腊猪腿，我也照吃不误。

蓝美凤把自己碗里的腊肉全拨到杜孝和的碗里说，现在腊猪腿没有，

腊肉还是有的，先生你多吃。

杜孝和说，美凤，你自己吃，你这——

蓝美凤说，先生别客气了，腊猪肉在我们这里年年有，先生离开这里要想吃就不一定吃得到了。

杜孝和笑着说，好，那我就不客气了。

火噼噼啪啪在烧，火星映红了他们的脸，王知微靠在杜孝和身上，她头上还戴着花环。她说，我觉得自己现在已经是个神仙了。

杜孝和说，以后我年年给你过生日，一直过到老，让你天天做神仙。

蓝美凤坐在他们对面，她喜欢看着这一对人恩爱地在一起，喜欢火光照在他们脸上，喜欢他们手牵着手。老天爷啊，你会不会也给我一个像这样的男人？

蓝美凤轻声哼起了家乡的歌谣：

天上星子有千万颗呃，香哩！
只有一颗最明亮，
地上姑娘千万个，
只有一个最漂亮。
我想摘下那颗明亮的星子，
可惜挂得太高了，
我想结交那个姑娘，
可惜离得太远了呃，香哩！

山间花儿有千万朵呃，香哩！
只有一朵最鲜艳，
地上姑娘千万个，

只有一个最抢眼。

我想摘下那朵鲜艳的花儿，

可惜刺儿太密了，

我想结交那个姑娘，

可惜无人传话呃，香哩！

她的歌声让一对爱人进入了梦乡。蓝美凤也靠着火堆睡着了。

蓝美凤感到身上被人拍了几下，她睁开眼睛，看到是王知微，她刚要说话，王知微做了一个不让她出声的手势，她转身看到杜孝和还在那一头睡得很沉。王知微把蓝美凤拉起来，俩人走到屋外。让蓝美凤奇怪的是，屋外竟然天亮了，整个山谷的空气那么透明清新，昨天的山岚已经消失殆尽，远处山峦的每一棵树都看得清清楚楚。

王知微说，这圣堂山真是美啊！

蓝美凤说，是啊，我每次上来看到的风景都不一样，从来都看不够。

王知微说，我刚进大瑶山的时候就觉得很亲切，我和这里真有缘分呢。

蓝美凤说，只可惜阿姐和杜先生是客人，是客人总要走的。

王知微，人啊，长大了就不一样，有许多的事情要去做，所以，即便有许多舍不得的，也要舍得，知道不，就像我也舍不得离开家离开父母哥哥们，但是，我还是离开他们了。

蓝美凤说，是啊，阿姐是有文化的人，有想法的人，可对美凤来讲，一辈子待在这大山里面也挺好，你们不来，美凤就从来没有想过要走出去看看，你们来了，美凤就想了。

王知微说，美凤，阿姐想拜托你一件事呢。

蓝美凤说，什么事？

王知微说，以后帮忙阿姐照顾一下杜先生，孝和这人重情重义，他很有才华，可以做很多很多的事情。

蓝美凤不理解王知微为什么说要她帮照顾杜先生，她以为指的是平时的日常起居什么的，就回答说，阿姐，没问题的，美凤不会写字，但其他杂事都能做。

王知微笑了，拉起蓝美凤的手说，记住姐姐说的话，姐姐谢谢你了。

蓝美凤突然感觉王知微的笑容有些凄凉，她刚要问，王知微转身走了。她赶紧往前追赶，但脚下绊了一下，她一急就叫了起来……

蓝美凤被自己的叫声吵醒了，她发现自己还是睡在火塘旁边，四下还一片灰黑。看火塘的那一头，杜孝和和王知微还睡得很香。

蓝美凤起身到屋外看了看，估摸着时辰，她回到屋里把杜孝和他们叫醒。她说，我们起早点，先把这里的东西收拾好再赶路，可以看到日出。

杜孝和夫妻赶紧起身，大家分头去打水、拾柴，把他们昨天用的东西都补足后出发了。

越往上走，路越难行，昨天走了一天，大家乏劲都上来了。他们停停走走。蓝美凤把王知微身上背的包抢过来背着，杜孝和又把蓝美凤身上的包抢过来背。

天边渐渐有了一丝亮色，那云层厚得似乎撕不开，可太阳突然就这么跳出来了，干净新鲜，橙红绚烂，君临天下。云海翻滚迅速成金色的海洋，一瞬间，又幻变为彩色的霞光，肆意地蔓延，一大片一大片地延伸出去，延伸到天际。

杜孝和他们完全忘记了身上的困乏，全变成小孩子，跺足跳起来，挥手呼喊。

呜——呜——呜——啊——啊——啊，他们的声音在这大山里环绕旋转。金色的阳光铺满了他们全身。

杜孝和说，我全身都是力气，来，我们朝着山顶前进啊！杜孝和迈开腿在前边走。王知微和蓝美凤笑呵呵地跟在后面。

临近山顶，刹那间，云海纷纷涌涌，如潮水般弥漫，人置身于牛奶白一般的雾气中，脸上头发上全是小水粒，人仿佛已经到了神的国度。山谷下边深不见底，深谷旁是一排峭壁，像条条分立的石笋，犹如手指插天。谷底隐隐可见绿意苍苍，有云雾从谷底升腾而起，好像其中藏了什么龙潭虎穴，神秘莫测。

王知微说，如果蒋生华的舅舅真的在这山中修行，应该就住在这山谷中，可惜我们不能帮他传话了。

杜孝和说，怎么不能？说着他冲谷底喊起来，你好！你好！杨道人，你在吗？

杜孝和的声音似乎得到了回应，一座座山峦低吟着，你好，你好！杨道人，你在吗？

王知微笑起来说，我也来喊两声。

蓝美凤看王知微站得太靠外，说，姐，你往里靠一靠。说话间，王知微脚滑了一下，蓝美凤急忙拉住王知微，王知微后来是站稳了，可蓝美凤被她这么一带失去平衡，翻到岩坎，额头当场磕出血来。杜孝和赶紧过去扶起美凤，从包里掏出一条毛巾替她包扎伤口。过一会儿蓝美凤试着站起来，忍不住叫唤起来，原来之前脚踝扭了一下，一动钻心地痛。

杜孝和俯身检查，发现美凤脚踝处已经迅速肿起来了。他说，你这样是不能再走了，我们扶你，赶快下山吧，争取天黑前下到山脚。

蓝美凤强忍着痛说，没事的，没事的，就是擦破一点皮，马上就能看到神仙树了。

王知微说，傻姑娘，树可没有你重要，都是我害的，树以后再上来看，我们现在就回去。

蓝美凤说，不行，这样太扫兴了，阿姐的生日，不是说好你们要在神仙树跟前许愿的吗？要不你们自己上山顶去，我在这里等。

王知微说，我的生日我说了算，现在马上下山，我们要尽快赶回家把你这些伤处理了。

杜孝和说，是啊，我们从昨天到现在都玩得很开心，圣堂山我们还有机会再来的。

杜孝和夫妇不管蓝美凤愿不愿意，架着她就下山了。他们一路赶路，天黑之前平安下到山脚。这时候蓝美凤的脚踝看上去更肿了。他们找地方睡了一觉，醒来继续往家赶，蓝美凤走得慢，等路好走一些，杜孝和干脆把她背起来。蓝美凤又羞又急，说，我这么沉，会累倒你的。

杜孝和说，我能背你走多远就走多远，背不动的时候再让你下来走。

杜孝和的背后被汗水打湿了，热气腾腾的。蓝美凤在那背上有一阵迷离了，她想，要能一直待在这上面该多好啊。不知道过了多久，蓝美凤睡了过去。

王知微看美凤晕晕乎乎的样子，关切地拍拍她，问了一句，美凤，要喝点水吗？

蓝美凤清醒过来，她恼了自己，这个背可不是属于她的，是知微姐的。她急慌慌要求下来自己走，杜孝和没办法，让她下来。蓝美凤喝了一两口水便再也不愿意让杜孝和背了。杜孝和拗不过她，只好搀扶着她走。这一来走得慢了，傍晚时分才回到家。

赵果敢昨天上王巷来了，在家里待了一天才等到从圣堂山归来的蓝美凤。他肚子里可窝了一团火，白日里他就在想，他经常过来，蓝美凤要上圣堂山怎么不事先通知他一声呢？或者估摸着他要来，就不能等上一两天？再看眼前的美凤头肿脚拐，半个身子架在杜孝和身上他更生气了。他好不容易要给蓝美凤一次脸色看，可这种情形下还不好发作出来。

蓝美凤让杜孝和夫妇先回去休息，说她的伤就交给赵果敢处理了。杜孝和看这是小两口相处的好机会，就说，行，等会我们回去取点消炎药水来，剩下的事情就交给果敢了。

赵果敢变成美凤的自己人，心里好过了一点点。王知微把药拿过来后，交代果敢仔细照顾着就回去了。

赵果敢给美凤在皮肤有伤的地方都抹上了药。另外，他在美凤的指导下又捶了些药草来给美凤敷到扭伤的脚上。赵果敢一边给蓝美凤弄药一边抱怨，说蓝美凤背着他和别人上山，现在伤了又让他来敷药，他亏大了。

蓝美凤觉得好笑，她说，前天是知微姐的生日，杜先生要给她庆生，才邀我做向导去爬山的，要不是因为我的脚伤了，明天才能回来呢。再说了，圣堂山就在家门口，你什么时候想去爬不行啊？

赵果敢说，那不一样，你们这是专门出去玩的，还带了粑粑肉干，我还从来没得和你一起出去耍过夜呢，人家是夫妻，你一个外人凑什么热闹。

蓝美凤说，人家喜欢邀我一块去，我也乐意去。

赵果敢说，哪天我们也专门出去耍几天？

蓝美凤说，不去。

赵果敢说，你看你，跟我说话从来就不给面子，算了，你这脚也不知道什么时候能好，猪草都打不了吧？今早上我还帮石林熬猪潲了。

蓝美凤笑着说，熬猪潲是个多大的事啊，你再帮我打几天猪草吧？

赵果敢摆摆手说，这事我干不来哦，你还是让石林去吧，反正你养那么多猪也是为了他，天天说要为他攒学费。

蓝美凤说，好，你就比别人金贵，我累了，要睡了，你出去吧。

赵果敢看蓝美凤不高兴，自己本来就一肚子火，也不高兴了，气呼呼甩手走了。

蓝美凤叹了一口气，赵果敢的少爷脾气随时发作，从来都是别人将就他，到美凤这里来，算是低调到极限了。不过，美凤还是喜欢不起来。

蓝美凤打开背包，把杜孝和送的花冠拿出来，花已经蔫了，她把花朵一朵朵地整理好，将花环挂到床边。

过一些时日，那些花朵彻底风干了，蓝美凤把花环收进箱子里。

因为蓝美凤脚伤到了，这些天杜孝和将他们出去考察的时间缩短了，尽量帮助蓝美凤做些家务。

王知微早上和蓝石林一块上山打猪草，杜孝和就和蓝朝堂一块挑水。屋里的活，剁猪草、煮猪潲、做饭这些事蓝美凤和平日一样做。赵果敢就只知道围着蓝美凤转，打打下手，往锅里添勺水，灶里添把柴。他乐得一天到晚围着蓝美凤转。蓝美凤心里想，你也好意思让我爸挑水？她没讲出来，她觉得讲出来就是把赵果敢当她家里的男人来看了，还是这样好，就把他当作个客人吧。

到了晚上赵果敢还缠着杜孝和讲故事。现在只要是杜孝和讲故事，村里的人，特别是年轻人，听得懂的，听不懂的都在火塘边坐得满满的。

杜孝和拍拍肚子说，我这里边装的故事都讲完了，没有故事了，我们来聊聊天吧。

杜孝和通过一段时间的调研，感到瑶人对汉人的对立情绪始终难消除。汉人看瑶人是居高临下的，瑶人看汉人是提高警惕的。瑶民经常说，如果不是买盐，我们和汉人可以没有往来的。这话就能看出瑶民内心是觉得不与汉人打交道最好。化瑶小学的关闭更是一个证明，现在虽然勉强重新开课，但难保不会有人再跳出来反对。

杜孝和先问听众们，你们各家现在种的田地多不多，田地肥不肥啊？

大家回答，我们哪里有多少田哦，都是在山边一点一点刨出来的，田瘦得很，有时都要放空一年不能种啊。

杜孝和说，那我们瑶人的老祖宗为什么不选个好地方落脚，为什么非跑这山里头来呢？

蓝君行说，还用问吗，我们瑶人是被逼到山里头来的，躲进山里来，是不想惹是生非，这山里头是清静了，田地自然就少了。

大家附和着，外面的好田好地都被汉人占了，就怕哪天连我们这些山地也被占了呢。

赵果敢说，我们瑶人就生活在这样的大山沟里头，有啥办法？瑶人的人数还是太少了，如果我们人多势众，自己拉起一个队伍就好了。

杜孝和说，果敢，你拉队伍的目的是干吗呢？打汉人吗，抢山头吗？

赵果敢说，打不打先不论，人多势众就不怕被人欺负。

杜孝和说，你们担心的这些已经是历史问题了，也就是说是过去的事情了。我和王先生为什么会来你们这里，是现在的政府派我们来考察瑶人的，政府希望瑶人能好好发展，可以和汉人一样富裕，同时还要保留住瑶人自己的特色。比如说，你们要穿瑶人的衣服，梳瑶人的发型，没有人会强迫你们去改变，现在不像以前清朝，个个都要留辫子。

蓝君行说，老同，这个政府真有这么好？政府里头都是汉人当的官吧？

赵果敢说，就是，汉人总是偏向汉人的。

杜孝和说，你们知道我们整个中国有多大吗？

大家摇摇头。

蓝美凤说，我知道，王先生告诉过我，有 1310 万平方公里[①]。

王知微笑着说，美凤好记性。

蓝朝堂也有点得意，但还是说，姑娘家的，天天看书，潲水煮糊了都不知道。

---

① 当时蒙古国尚未独立。

杜孝和说，我们中国有1310万平方公里的土地，广西只是中国的一个省，像广西这样大，或者比广西还要大的省还有二十多个。大家想想看，这么大的一个国家，生活着四万万中国人，有五十多个少数民族，像白族、傣族这些，都和你们瑶人一样人数不多。大家都生活在中国这片土地上，其实就像一个家里有兄弟七八人，有的长得强壮一些，有的长得瘦小一些，虽然平时有点口角、争吵，但都住在一个屋檐下，都是一家人。如果老大当家大家不服气，老二当家大家也不服气，那这个家就不是家了。当然，要想当好一个家长也是不容易的，得一碗水端平不是？很多时候这个家长是得慢慢当出来的，不可能一下子就能当得人人服气，大家也要给他一个时间、一个机会对不对？大家得承认现在的日子比以前好过多了吧？我看大家用的铁锅，穿的胶鞋都是从外边买来的。

蓝君行说，这说的也是，日子是好过些了。

赵果敢说，杜先生，我就不明白了，你说说看，我们中国人口这么多，地这么多，为什么就让日本人把我们东三省占了，听说那个日本都没有我们广西省这么大呢。

蓝君行说，咦，还有这种事吗？这么大一个国家就让人家占了？太窝囊了。

蓝朝堂说，唉，我们这里山高皇帝远，穷是穷点，也少了兵荒马乱的苦。

赵果敢说，朝堂叔，话不能这么说，要是我们现在不给日本人一点颜色看，不说北边了，我们南边迟早也是要被人家占的。要是日本人敢打进我们广西，我一定投军去。

杜孝和说，有志气，保家卫国是我们每个人的责任。你说人活着为了啥，就吃好穿好？我和王先生可以好好待在北平，好好过日子，跑你们这里来干什么？就像我刚才说的，为了让大家过上好日子，为了让我们国家整体都强大，这也算是我们一介书生用我们的方式来报效国家了，每个人都能用自己的方式来报效国家。

赵果敢说，杜先生，你给我指点一下，我要做点什么事情才叫有出息呢？

杜孝和说，你说瑶家人出一趟门辛不辛苦？

赵果敢说，住在大山沟里出门当然辛苦。

杜孝和说，你家有这么多的田地，如果能出点辛苦钱，号召大家把路修一修，能拓宽的给它拓宽一些，能平整的给它平整来，咱们先不说要它能通大车，如果有一部分能通个马车也不错呢！将瑶寨与外界联系的路修好，瑶寨和外边的差别会越来越小，我们瑶人不是要窝在山里头，是要走出去的。

赵果敢低着头不说话了。

蓝美凤说，赵果敢，这是个大好事呢，虽然是难，你应该可以做到的，到时你修路，我给你们送饭去。

蓝朝堂说，阿敢啊，你这事要真做成了，我家美凤直接就嫁你了。

蓝美凤又羞又气地喊，阿爸！人站起来，跑屋里去了。

蓝朝堂说，不用羞了，果敢要能有这本事，你嫁他爸面上也有光，不算委屈你。

赵果敢听蓝朝堂这么说，转向蓝朝堂说，叔，这修路要家家出力才能成，也要各村各寨的头人们聚一起定的，我哪能做得了这个主。

杜孝和说，这事情肯定不容易办，可以说跟将军带兵打仗一样难。你当将军就图打打杀杀？还不是为瑶民争口气，为自己的家乡尽份力嘛。现在你没有仗打，就修路。我看从弄平口村到下古陈村，是好几个乡寨的必经之路，也是通往象县的必经之路，有一段基本没路，要是修好了这一段，不说别的，从你家到美凤家也少走很多冤枉路不是？

赵果敢陷入了沉思。

杜孝和说，等你哪天走在自己修的路上，你一定能体会到一种非常有成就的感觉，比当将军还威风。

赵果敢掏出腰间小刀削了几根柴火扔到火里烧，火烈烈燃起。他说，我不说大话，今天就在杜先生跟大家面前立个誓，就刚才杜先生说的从弄平口到下古陈我整一条好道出来，我赵果敢没有生在百年前当个将军，但以后子孙后代走着这条道也能记得我这个人，人过留名，雁过留声。不过，我也有个条件。他看着杜孝和说，路通的那天，杜先生王先生你们要到场来剪个彩。

杜孝和拍手鼓掌，大声说，好，等你路修通了，我们一定来给你剪彩。这事做起来，不知道会花多少时间，花费多大，但事在人为，我也帮你跟省政府沟通一下，看能不能支持一下。

赵果敢伸出右手和杜孝和击了三掌。

赵果敢说，也请杜先生再做个证，刚才我叔说的话要算话。

杜孝和故意说，蓝村长刚才说什么了？

蓝朝堂说，阿敢你这脑袋就是转不过弯，还要别人做个什么证，我家美凤是个什么性子你不懂？

杜孝和哈哈大笑说，阿敢，我看你还是自己去问美凤。

赵果敢说，那如果她说要路修好了才嫁，我不得要等好几年？

王知微也笑了，看来你还是懂美凤的。

赵果敢刚才的豪气立马被打下来了，闷闷不乐的，低声说，这路谁知道哪年月能修好呢？

杜孝和关切地拍拍他的肩膀说，阿敢，有句话说“好男儿志在四方”，不知道你听说过没有？

赵果敢说，杜先生，你现在有王先生陪着当然志在四方了。

杜孝和哈哈大笑，是，说的也是，阿敢有阿敢的难处，我们都要帮帮他。

王知微说，阿敢你放心，美凤心性高，才值得你等待。

赵果敢回下古陈村没两天又来了，这次是替他阿公赵山河来邀请杜孝和王知微前往下古陈村做客的。

下古陈村也是杜孝和他们计划要考察的村落之一，如今有邀请，只不过是将计划提前了，而且能与一个如此传奇的人物见面，杜孝和他们欣然前往。

下古陈村是一个美丽的村落，整个村子被绿树笼罩着。有一种树长得特别高大，看上去像长了百年了，这种树村里各家各户屋前屋后都长有，杜孝和他们叫不出名，向赵果敢询问。赵果敢卖关子说，先生看那树上挂的果实像什么呀？王知微仔细看，绿叶间结了一串串棕色如鸡爪一般的果实。她便说，是不是像鸡爪呀？赵果敢说，王先生好眼力，这树就叫鸡爪果树，你们这个时候来正好果子熟了，我上去帮你们摘几串尝尝。

赵果敢说完当即脱了鞋子，双手抱住树干，噌噌噌就这么攀上去了。王知微忍不住说，阿敢，真看不出来，你比猴子爬得还快啊。

赵果敢很快攀上一根树枝，摘了一大把鸡爪果扔下来说，这些树我们从小爬到大，都爬熟了。

王知微拾起果子，轻咬了一口，看样子不起眼的果子，吃起来异常甘甜，熟透的还有蜂蜜的味道。她频频点头说，真甜啊！

赵果敢说，这些果子以前经常还没熟透就让孩子们给摘光了，但鸡爪果是越老越甜的，所以老辈人都不让孩子们随便摘，所以，你们现在吃到的是已经熟透的了。

他们在饶有兴趣地品尝鸡爪果时，早有围观的人跑回去告诉赵山河他们到来的消息。赵山河赶忙出来迎接。

赵山河六十多岁的年纪，看上去只有五十出头，人瘦瘦高高，是瑶山难得一见的高个子。人脸膛发红发亮，留着一把胡子，更显精神威猛。赵山河快步上前与杜孝和握了握手，扭头呵斥赵果敢说，客人来了不赶紧往家里请，用这种粗果子来招待客人，你懂不懂礼呀？

杜孝和举起手中的果子说，这果子好，我们都没吃过。

赵山河笑着说，我们这里也没有什么好东西待客的，你们别见怪了。

赵山河在前边带路，他走起路来也是风风火火的。

赵家的屋子比起蓝家又高大气派了许多。前庭后院都围起来，好大一个院落。把客人迎进客厅，有正正规规的大方桌坐，而不是坐在火塘边，单这一点，就显出赵家的与众不同了。白瓷小杯盛的热茶奉上，还配了两小碟葵瓜子和核桃仁，这是顶高级的招待了。杜孝和对清香扑鼻的茶水赞不绝口。赵山河说，这茶叶是我们上山采的野茶自己炒的，叫石崖茶，手工粗，但茶树好。杜孝和说，我虽然不太会品茶，但也能尝出这茶天然的香气，这是什么制茶工艺也做不出来的。

赵山河说，杜先生喜欢就多喝点。他又吩咐赵果敢，杜先生说这茶好，你给先生准备一包带回去。

杜孝和赶紧谢过了。杜孝和说，赵头人见多识广，想必去过很多地方吧？

赵山河摆摆手说，我最远就去过梧州，我大孙子赵荣保在那里开了个铺子，卖我们的山货，也包括我们自己炒的茶。我这个人不喜欢出远门，外边再好也没有自己家好。

杜孝和说，是，人就这样，无论走到哪，都是自己家乡好。

赵山河说，杜先生你们打算在这里住多久？

杜孝和说，计划是半年时间，但如果有需要我们会延长时间。

聊了一些闲话就扯到修路问题了。赵山河说，我们家果敢胆子不小，敢跟杜先生拍胸脯起誓要修路，这瑶山的路世世代代是靠两条腿走出来的，从来没见有人去开山辟路。

杜孝和笑着说，那果敢就是瑶山第一人了，后代子孙走到这条路上都会记得这路是谁领头修起来的，世世代代都有人记得你们的功德，这该是多大一份荣耀啊。我们汉族的有钱人，就喜欢出钱修路铺桥，这路桥一天有多少人走在上头啊，受益的人多，功德最大。

赵山河捋着胡子说，先生说得在理，这人在世上能吃多少用多少？生不带来死不带去，我也想给子孙们造福啊。

杜孝和说，我早听说赵头人是个大善人，赵家很多山场都开放让瑶民去打柴火打猎，交不起租的穷户你把税粮也给免了。

赵山河说，生长在瑶山的本是一家人，能照顾的还是要照顾的。

这一聊聊到天黑。赵家招待了一席丰盛的晚宴，把许多村民也叫来一块聚会，席间，赵山河还让瑶家姑娘小伙唱山歌助兴，上古陈村一晚上都是欢声笑语。

第二天是赵山河亲自领着杜孝和他们去看赵家的山场和田地。他们是骑着马去的，走了很远的路，翻了好几个山头也没看完，赵家的财力果然名不虚传。一路上碰到的瑶民都跟赵山河恭恭敬敬地打招呼，看得出瑶民们对赵山河很尊重。

杜孝和知道当初“晋省观光”赵山河没去，后来反对化瑶小学也是赵山河这里点头同意最后才做的决定。赵山河对瑶山同胞有着深厚的感情，对汉人却始终是防守的状态。这样一位老人站在他的跟前，显示出的是一种倔强强势的气势，要想改变他心中多年形成的看法，并非易事。

杜孝和原先还指望通过赵果敢去劝说他爷爷，可这两天观察，在爷爷跟前，赵果敢恭敬老实，话都不敢多说一句。杜孝和想，面对这样一位老人，不需要拐弯抹角，他得毫无保留地敞开来谈。

杜孝和问赵山河，赵头人，您知道大瑶山的化瑶小学都关闭了吗？

赵山河说，知道，这是我们全瑶山石牌头人投票决定的，我们不打算学汉人的东西。赵山河说得干脆坚定。

杜孝和说，这我就有点算不明白了，在我看来您是很开明的人，两个孙子不都送出去读过书吗？大孙子现在不是在梧州做生意了吗？那可是汉人的地界啊。

赵山河脸色一凛说，杜先生是想说我自己的孙子汉化了，我却反对别人汉化吗？

能感觉得到赵山河陡然生起的戒备之心。杜孝和说，果敢是一个很好的年轻人，知书达礼，勇敢讲信誉，热爱瑶山，我觉得这除了您的教育，也和他在外面受到的教育有关，这两方面是不冲突的。

赵山河没有出声，但脸色有缓，显示他还能接受这话。

杜孝和继续往下说，再比如说您的大孙子在外边做生意，入乡随俗，他的汉化应该是程度比较重的吧，那他因此祸害瑶山人了吗？没有吧。不但没有，他还可以用赚来的钱去帮助发展瑶山，对吧？瑶人有本事了，可以去赚汉人的钱，自己生活改善了，还可以回来发展瑶山，这不好吗？

赵山河叹了一口气说，有时我觉得挺矛盾的，我们瑶人被汉人逼到这山旮旯里来，就想关起门过自己的安稳日子比较保险。即使这样也行不通，大山外的汉人壮人越来越强，门想关也是关不住的。

杜孝和说，是啊，您想想看，政府到瑶山来建小学是得花钱的，政府可以不花这个钱，劳这个神，但整个国家要平衡发展，瑶山穷，才要发展瑶山。赵头人，我觉得这事你应该往这个方向想，就像我们来瑶山做考察，收集数据，不是为了占领瑶山的土地，而是为了发展瑶山啊。

赵山河说，我过去有些想法是太武断了，孩子们学点东西总是好的，汉人的，壮人的都可以学，化瑶小学可以重新开放，不过，我也想出钱开瑶人自己办的学堂，不用汉人政府插手，学什么我们瑶人说了算。

杜孝和说，赵头人，你这个想法也不错，学瑶人想学的，很好，我支持你，有什么需要我帮助的尽管说。

赵山河说，先生是个心胸开阔的人，到我们这儿来，和我聊这么多，并没有一丝是为自己的打算，全是为了我们瑶人好，这个情分我记住了。

赵山河把赵果敢唤到眼前说，果敢，有时间多跟杜先生聊聊，果然是从北平来的，不一样啊，路，我们赵家出钱，修！当年打“三点会”，阿公一心想的就是为瑶山太平，现在是民国了，阿公年纪大了，年轻人应该有年轻人的成就，阿公支持你做事。

赵果敢赶紧给赵山河磕了一个头说，谢阿公。

杜孝和笑了，对这位豪爽通达的老瑶王升起了深深的敬意。

在下古陈村一共住了四天，除了与赵山河议事，杜孝和他们还继续测量收集资料。临行前，赵山河还决定重新召集石牌头人，商议化瑶小学重开之事。杜孝和夫妻这次的下古陈村之行可谓收获满满。

因为还有工作安排，他们在第五天回到王巷村。夜深了，杜孝和没有睡意，他坐火塘边翻看莫英谷给他捎回来的一捆报纸。大概每过一个月，就会有人把杜孝和要的报纸从南宁辗转送到象县，再由象县转进王巷。杜孝和看到那堆报纸里还有一个邮包，是他让同学给买的几本医书，都是有图文的医书。杜孝和想，明天就可以给蓝美凤送去了，这些书对她应该有用的。

他再认真翻看那些报纸。新闻到他手上已经成旧闻了，但这些旧闻仍然让他原本开心的情绪低沉下去，他后来干脆把报纸扔到一边。

屋角有蓝君行送的一壶包米酒，杜孝和倒了一杯慢慢饮。

王知微本来已经睡下，听到动静下床过来坐到他身边说，一个人喝起酒来了，不开心？

杜孝和说，你说，这内战要打到什么时候？东三省已经完了，还自己人在打自己人，有时候我就在想，我还待在这样一个如世外桃源的地方做这样的考察是不是太奢侈了，我是不是应该上前线为我的国家尽一分力？他说得激动，手挥起来。

王知微握住他的手说，记得当时你说过，你放弃学医是为了能治更多的人，现在我们不正是在做这样的工作吗？我们下来的时间不长，通过努力，也让瑶山有了进步。像赵山河能出钱支持阿敢修路，这是一个很大的转变啊，多有意义的一件事情啊。还有美凤、石林，我相信他们今后都能用自己的方式回报家乡，这不是很好的事吗？

杜孝和说，是啊，可是我们应该能做的更多，有时候真希望自己能文能武。

王知微说，如果真有一日祖国需要我们扛枪守护，我们不会退缩，只要有这样的信念，其他的不用忧虑。

杜孝和搂着王知微的肩膀说，难怪吴先生说我们是志同道合的夫妇，有你这样的贤内助，我真是幸运了。

王知微说，我之前说过我一进入瑶山就觉得这里很熟悉，似乎以前就到过这，我现在发现这个感觉很准确，你说，我们来的时间不长，就和这里的瑶胞们有了这么多约定，这都是缘分啊。

杜孝和说，是缘分，很大的缘分。他说着举起手中的酒碗，为了这个缘分你也喝点吧。

王知微说，好的。

夫妻俩不知不觉把一壶酒饮光，在微酣中入睡了。

王知微比杜孝和要早醒来。窗户在正东方，透进来很明亮的光。王知微虽然没有看手表，但她估摸着已经很晚了，当看到手表的时候，她更吃惊了，十一点过了。看杜孝和睡得那么香甜她实在不忍心叫醒他，可他们是节制的人，她轻轻推了他。他睁开眼睛，迷瞪瞪地看着她。她说，你昨晚上逞能喝了那么多，起不来了吧？你猜现在几点了，十一点过了。

杜孝和小吃了一惊，马上要爬起来，想想又懒散地躺了下来，我就偷懒一回，再睡一会儿。

王知微说，老乡们看我们这么懒，该笑话我们了。

杜孝和说，他们那么善良，能理解我们的。说话间他还是爬起来了。

俩人洗漱完打开屋门，看到坐在屋前石板上的蓝美凤带着蓝君行的小儿子在玩耍，孩子哭哭啼啼地嚷着要阿妈。

王知微说，美凤，你怎么帮秀妹看孩子？

蓝美凤说，阿行哥可能出事了，秀妹嫂下山找他去了。

杜孝和说，阿行出去卖山货应该有一个星期了，出什么事了？

蓝美凤说，一大早士暖叔从外边回来，说有土匪到处抢劫，好几个村寨的粮食和猪都被抢了，有人还被掳到山上被强迫当土匪呢。

杜孝和说，这个消息是真是假暂且不说，即便是真的阿行也不一定会碰上啊？

蓝美凤说，士暖大哥说阿行哥早就卖完山货往回走了，昨天士暖哥路过三水村，听说有好几个人被掳上山，其中有一个听起来说的就是阿行哥，他们说那人带着火铳，很凶，还打伤了一个土匪，后来被土匪们绑着走了。

杜孝和说，这土匪下山抢劫的事情，不知道有人汇报给政府没有？

蓝美凤说，汇报也没用，要等政府派得人下来，不知道啥年月了。如果是平时秀妹嫂还不太着急，可之前阿行哥说好要赶回来修禾仓的，不应该在外边耽搁这么久。

王知微说，秀妹也没跟我们说一声，她一个人下山万一再出点事怎么好啊？

蓝美凤说，秀妹嫂也不知道消息真假，怕麻烦大家，所以除了扶民谁也没有告诉，扶民只说他阿妈下山找阿爸了，还跟士暖伯借了一把火铳。

杜孝和说，我们还是约几个村上的小伙子一起出山找找吧，秀妹怎么说也是个女的。

蓝朝堂从屋里走出来说，刚才我已经让几个后生下山去了，他们都带了火铳和腰刀，顺路还会联系各村寨，多拉上一些人。秀妹你们也不用太担心，她的枪法不比阿行差，没生娃之前经常与蓝君行一同进老山，不知道打回多少野猪野兔呢。

在杜孝和他们议论的时候，莫英谷带了几个人从县上匆匆赶来了，说是听闻这一带有土匪流窜，他们是特地过来通知和保护杜孝和他们的。

杜孝和问，政府将采取什么措施呢？

莫英谷说，这一带很久没出现过土匪了，所以政府正在派人打探消息。

后来闲聊的时候，莫英谷告诉杜孝和，大瑶山五指峰一带常年住有土匪，十年前，国民政府派军队进来围剿过一次。自从那次围剿，土匪元气大伤，零散分布于各深山老林中，偶尔下山打劫，都是小打小闹的，说是偷窃更为合适，所以政府也是睁一只眼闭一只眼，随他们自生自灭了。

大家议事的时候相秀妹正一路往县城的方向疾走，她打算沿着蓝君行出山卖山货的路线一路找过去。因为出发得晚，夜深了也才走了三十来里路。一路上翻山越岭，她渴得厉害，带的水喝光了，再顾不上找水喝，只盼天光前能走到县城。隔着一片林子，秀妹听到有马蹄声，她想不了那么多，脚下跑动起来，跑着脚下撞一块石头上，疼得她冷汗直冒，她不能停，继续跑，终于看到山道上那骑马的人了，看样子是个汉人，马背上还驮了不少东西。她冲那人喊，见过我家阿行吗？你见过我家阿行吗？

那人能在瑶山里行走，是会些瑶话的，可冷不丁地在这黑夜里一个女人从林里冲出来对他大喊大叫，把他吓了一跳，他下意识抽了马屁股一鞭，马飞快跑远。那人跑远了再回味这瑶家女人说的话，知道她是在找人，转身扯着嗓子喊了一句，没见着。

相秀妹累得坐到地上，检查一下自己的脚，右脚趾盖翻开，鲜血将草鞋浸透了。她忍痛掏出腰刀将指甲削下来，扯了一截绑腿将脚裹好继续往前走。大概又走了十来里，相秀妹看见山边有一村子透出亮光来。她回忆了一下，以前路过过这个村子，似乎是叫作长垌的，主要住的是茶山瑶，她心里突然有个念头，到村子里去打听一下情况。所以她就多绕了几里路，走到长垌。远远地却听到有哭喊声，这个时间村子闹成这样肯定是不太平了。

果然，等相秀妹悄悄摸进村，看到村民都聚在村口，有的哭，有的喊，果然是刚被土匪抢了。相秀妹上前询问，听村里人说土匪有七八个人，但是手里有枪，到村子里什么都抢，抢粮食，抢鸡猪。有个叫盘福的不服气自家养了一年的两头大肥猪被抢，提了火铳一路追，被土匪打了一枪在肚子上。相秀妹跑到盘福家去打听情况，看那盘福躺在床上，血流到被面上，看样子是活不成了。相秀妹担心更甚。

听说土匪这些天已经连抢了附近好几个村子了。相秀妹打听那群土匪是从哪里来的，大家都只能猜测是从五指峰下来的。

相秀妹不知道是继续往县城的方向寻找，还是自个儿寻找土匪，后来她做了一个大胆的决定，追这群刚刚离开的土匪去，最不济也能探得行踪。

相秀妹按照村民们指引的方向追去。这时候天麻麻亮，路能看得很清楚了，一泡泡猪屎给相秀妹指路。相秀妹想这群土匪连着几天在这一带抢，附近应该会有个落脚点，否则抢的这么多东西不太好带。

在大山里走了大半天，相秀妹随身带有干粮，就是水找不着，实在渴得厉害就嚼些树叶。有一阵子相秀妹突然找不到跟踪的线索了，土匪行走的踪迹莫名其妙地消失了。她只得往高处走，从高处四下寻望，果然发现在前山偏峰背后冒出隐隐约约的烟火。她朝烟火的方向前行，看似不太远，可花了三四个时辰才走到。她静悄悄地搜过去，近前去看，四下无人，先前烧过的火堆也被土给盖起来了。这附近有条小山溪，那些土匪估计是在这里做了饭吃，一地的鸡毛猪血，他们是把猪杀了带走的。

相秀妹这下有信心了，这刚吃过饭的人，身上的气味和这清静的树林子是格格不入的，何况这群刚吃饱喝足的人戒备心降低了，一路走过的小径，草折树断。相秀妹就这样追到了匪窝。

话说这匪窝也是新近才迁到此处的。十年前的大剿匪，最后剩下几十号人，躲在老林子里都快变成野人了，平时也开荒种点玉米红薯什么的勉强填饱个肚子，偶尔胆大一回下山偷上几只鸡几块腊肉打打牙祭。这匪首主要有三个，分别叫花鸡、山猪、山蚂拐。那花鸡前两年在山上熬不住了，带了几个人偷偷下山跑到县城，打算偷某个商贩的粮食，偷的过程中被商贩发现了。这商贩倒也没有为难花鸡他们，送了他们几袋米，同时还给他们提供了他一个对头的信息。这对头也是贩卖粮食的，两人平时多有竞争。商贩不但提供了信息，还送了两杆枪给花鸡他们，承诺事成之后还多送几把枪，条件是抢来的粮食他也要分半。这一笔买卖后来顺利做成，双方各自兑现诺言，一个分到一半粮食，一个再追加送了两把枪。有了这次愉快地合作，商贩与土匪之间便固定联络，往往由商贩提供信息，让土匪们抢货，最后还由商贩来销赃。这一来一去的土匪手上的枪多了，又有了粮食，于是拉了好些人入伙，把以前失散了的人也慢慢聚拢回来，手下便重新有了三百多人。花鸡和他几个同伙这段时间频频下山抢粮拉人上山入伙，是有个计划，想扩充队伍，再续辉煌。他们竟然还分析形式，说政府现在派不出兵来剿匪，他们可以乐活一阵。眼下他们连续干上这么几票，是打算过一阵转入五指峰腹地白崖槽，到明天春天再出山。

秀妹追了两天才追到土匪窝。这土匪窝是一排大茅寮，因为是临时驻地，十分简陋。秀妹不敢轻易现身，等到天黑才出来。四周听得见土匪们在玩牌的声音，茅寮透着光亮，弄出的声响很大。

这茅寮四处有窟窿，秀妹找个角落，凑眼往里一看，吃饭的喝酒的打牌的闹成一片，看过去大概有三十来人，旁边还有几个人是绑着的，可能就是刚拉上山来的，秀妹仔细搜索，一个个看过去，并未看到蓝君行，她好不失望。她往前稍走几步，突然发现前面崖壁后面还有一间独立的小茅寮，有人在里边生火，门是敞开的，她再过去看，正是蓝君行。蓝君行脸上青一块紫一块，看上去很是狼狈。他正在烧小火熏烤猪肉，旁边还坐了两个匪人，他们不停地剁肉、切块、抹上盐，然后把肉递给蓝君行。

秀妹想起以前和蓝君行上山打猎，各人往不同的山头，联络就学白鸽的叫声，可这荒山野岭的，这个叫声，可能会引起别人的注意。秀妹想了想，取下弓，架上一块包着树叶的小石子射到蓝君行的脚边。蓝君行吓了一跳，凭他的耳力，早听得出风中有拉弓的声音，这石头分明是故意射给他的。他给火里添炭，装作啥事也没有的样子。那两个在他身后的土匪没有感觉到任何异样。停得几分钟，蓝君行放下手中的活站起来说要拉屎，脸上是非常急迫的表情，其中一个土匪不得不尾随蓝君行出来，嘴里骂骂咧咧的。相秀妹这才发现，蓝君行有一只手断了，用一块破布吊挂在脖子上。

蓝君行在不远处的野地里选了个位置蹲下来，那土匪远远地站着。蓝君行暗暗着急，只能磨蹭着拉不完。那土匪等了一会儿又骂粗口。蓝君行向他举举断手，意思是他这样子能跑到哪去。那土匪吐了一口唾沫，转身进茅寮去了。蓝君行四下张望，秀妹却早已经潜到他的身边。

看到来人是秀妹，蓝君行的眼泪都快下来了，也来不及问秀妹是怎么找到这的。蓝君行说，我现在马上要回去，不然他们会怀疑的，等人都睡下，我出来和你汇合。秀妹点点头，蓝君行就急慌慌返回茅寮。

这几天蓝君行被安排睡在众人中间，主要是防他逃跑。为了麻痹人，这整一天蓝君行就佯装着吃坏肚子了，反反复复出去拉野屎，别人跟了他三四次，过了凌晨三点，大家都烦了他，就让他睡外头了。这下遂了他的意，等他观察茅寮里的人基本上都进入熟睡状态，又哼哼叽叽地捂着肚子出去拉了，但这一次他是飞快地与秀妹汇合逃跑了。

他俩沿着之前相秀妹做的路标往来路急跑，一路还算顺利。相秀妹万万没有想到，之前她追赶土匪时有一段路突然找不到匪人行走的踪迹，而费了许多时间才追上去，实际上在那一段路程中土匪走的是捷径，山涧中有一条小路可以直通后山。那群土匪发现蓝君行逃跑后本来也不打算费力气追赶的，可又担心蓝君行泄露了他们的行踪，所以只能派人从不同的道上追赶蓝君行。其中两人果然在穿越捷径的山梁上等到了蓝君行和相秀妹。匪人是从高处俯视发现他们夫妻的，他们夫妻却没有发现土匪。匪人同时举枪射击，一枪命中相秀妹，另外一枪却从蓝君行发髻上穿过。蓝君行此时也顾不了什么，逃命要紧，直接从山上往下翻滚。那俩匪人和他们尚有一段距离，追过来一下子找不到蓝君行，只见相秀妹的尸首。

匪人射击蓝君行夫妻的枪声却传到前来寻找他们的王巷乡瑶民耳中。蓝朝堂派下山的村民队伍，一路寻找相秀妹，经过长垌，听长垌村的人说有这样一个女人往这边追土匪，他们就尾随而至。差一个山头才到蓝君行夫妻遇险的地方，他们听到枪声猜想是相秀妹出事了，不管三七二十一，几只火铳朝另外那个山头放了几枪。这几枪救了蓝君行的命。那两个土匪听到火铳齐鸣，害怕落单，赶紧原路返回与其他土匪汇合了。

蓝君行跌跌撞撞一路失魂落魄，总算是与村里的人碰上了。见了亲人，蓝君行一个大男人也顾不上什么了，扑通跪下来求大家帮他回去找相秀妹的尸身。王巷村派出来的人有七八个，沿路追来，一路联络村寨，走到这里也有二十来人了。大家同气连枝，二话不说，由蓝君行领路，寻到相秀妹的尸体背了回去。

那些天王巷村被一种悲伤的气氛笼罩着。这个曾经以剿匪闻名的村落感到了耻辱和愤怒。

蓝君行坐在女人身边，看到女人除了头上是血，脚上也全是血，脚趾盖给蹭掉了。蓝君行的心抽痛了，这么多年自己没有为这个女人买过一双好鞋子，每次卖山货回来都给自己买好烟丝好酒，这个陪伴了自己将近七八年的女人除了被他打，还为他丢了命。他真是老同嘴里说的自私家伙！蓝君行抱住女人哭喊，老同说得对，老婆是要好好爱护的，秀妹，这傻老婆，你就等不到我给你买一双新鞋子吗？

附近村寨的人都上门吊唁。杜孝和和王知微也过来陪伴蓝君行。蓝君行情绪稍稳定，就跟大家讲了自己这趟下山的经历。他这次下山卖山货，其中带有两只画眉鸟，当时有个住旅店的北方客说愿意出大价钱买画眉，条件是先养两日看有没有问题，蓝君行先拿了一半订金。等到第二日他再去旅店找人的时候，店家说那北方客已经退房走人。蓝君行不是这么容易认亏的，听说北方客人刚离去不久，乘坐的还是马车，他就一路打听追去，没想到人还真让他追上了。这北方客在南方买了不少货，手下也带了几个人，正被十几个土匪抢劫。这群土匪自然就是花鸡那一伙。蓝君行平素胆子大惯了，也不把土匪放在眼里，一心要拿回自己的画眉鸟。不巧土匪中有一人竟然认得蓝君行，跟花鸡介绍说蓝君行曾经打过老虎，枪法在大瑶山属一流。那花鸡听了便邀蓝君行一块上山，蓝君行哪里会同意上山当土匪，只说要拿回自己的两只画眉，对方看他不从，仗着人多，将他一只手打断了，强行绑他上山。

杜孝和皱着眉头说，这些土匪实在是可恶，政府如果下决心清剿，他们就不可能作恶了。

蓝朝堂说，等政府那就太难了，即便来了，也得靠我们瑶胞打前锋。十年前，那些土匪闹得那么厉害，要不是他们连政府的军队都敢动，政府才不会出兵呢，后来也还是让公布头人牵头去剿的匪人。

蓝君行说，那些匪的一杆枪抵我们五支火铳呢，火力大得很，看样子一枪就能收拾一只老虎，也不知道他们那枪是从哪里弄来的。我上山发现有好几个瑶胞是被逼迫绑上去的，这次我跑了，也没顾得上带他们。

杜孝和说，听说这些匪好些年不活动了，近段时间活动，肯定是仗着有这些枪了。

蓝君行说，我看他们也没什么了不起的，如果政府给我三十支枪，我能把那山上的土匪全剿了。这一带被抢的哪家不恨土匪啊。我们王巷乡打土匪是有名的了，这么多年来没土匪敢上门来。如今我蓝君行被土匪绑，老婆也被土匪杀，我是给王巷丢人了，不报此仇，誓不为人。蓝君行说完这话，出门捉来一只大公鸡，在祖宗牌位前手起刀落，宰了大公鸡，鸡血洒了一地。他跪下来用瑶话宣誓，越说越激愤，两眼红得像要溢出血来。

杜孝和看自己老同这么难受，心情也很沉重，他说，保护老百姓的生命财产是政府的责任，我要给他们写信呼吁。

蓝君行说，老同，我知道你有本事，熟悉上面的官，他们不愿意派人，给枪也可以，我自己去杀土匪，老子一条命全搏上，杀他十个八个没有问题。如果不能报仇，我再打十只老虎有个屁用？

蓝君行越说越激动，他冲出去把堂屋墙上挂的老虎皮给扯下来，吼道，我们王巷牵头，拉个队伍进山把匪窝给端了，我就不信他们比老虎还厉害。

杜孝和说，老同，这事本来就是政府的事，你们是两手空空的老百姓，不能去冒险。

蓝朝堂说，阿行，你别急，我们王巷乡要拉个打土匪的队伍还是不难的。现在那些土匪认得你，说不定哪天就摸到我们王巷来了，我们明天就喊村起石牌，让各村头人派人组队，各家都做准备。

杜孝和说，蓝村长这个提议好，有准备起码不会让土匪这么轻易得手。

蓝朝堂说，明天喊村召集，一定得尽快组队。

蓝君行说，我这只手可要过一两个月才能拿枪了，还不知道好了会不会打枪失了准头。美凤，你赶紧给我搞点草药把骨头接上，我要用枪！

蓝美凤说，哥，草药都给你配好了，等下就包上，你放心，不出半个月骨头就能接上，剩下就是恢复了。

这大瑶山的“喊村”习俗让杜孝和大开“耳界”。瑶寨没有什么通讯方式，平时村寨之间传递信息只能靠人走着去传递，后来发现可以选取村子周围一处山势高的地方，人在山上喊，声音可以传十来里，消息很快传到邻近的一个村，邻近的村又用此办法再传到下一村，省时省力，传递信息就靠人一张嘴来喊。这方法非常有效，各村落召集开会传递消息全靠这个方法。有时春耕季节来了，也会有人上去喊一喊，让各家管好牛，不能再野放出去吃了禾什么的。

为了重组防匪队伍，王巷村派人在村头朝门头村的方向高喊，那声音在山间回荡，喊了七八声后，听到门头村那边有回应了。而门头村接收到传达后，继续朝与之毗邻的罗思村方向喊，罗思村听到后继续往上古陈村喊，就这么一个一个村子地传递消息。随后一两日，王巷乡一共十八个村陆续派人过来议事，主题就是联合防匪患，大家一致同意由蓝君行牵头组队伍，每个村派一定数量的成年男子参加。如若哪个村遇着匪，也是以喊村的形式进行救助，堵截土匪。

蓝君行这次联合抗匪召集的人数逾两百人。

蓝朝堂那几日特别兴奋，一扫之前的低沉，成天拐着一条腿在村子里走来走去，逢人便说，也只有我阿爸在世的时候才能组这么一个队伍，只要是打土匪，我蓝朝堂就是倾家荡产搭上这条命都支持。

大家都知道蓝朝堂的大儿子就是被土匪杀的，这么多年来，恨一直埋在心头呢。

蓝朝堂毕竟是见过世面的，知道此事重要，拉着杜孝和坐在火塘边讨论了一个晚上。他恳请杜孝和能去一趟县城，借助身份和影响向政府汇报此事，争取得到政府的支持。杜孝和挑灯夜书，写了一篇千字文，陈述匪害及民众自卫的热情，希望政府给予重视和支持。带着这封书信，蓝朝堂和杜孝和赶往县城。

县政府本来也有计划派治安团下乡四处巡视，但又觉得人力有限，听了杜孝和的汇报后，觉得不如支持王巷乡自组一个民团，于是向省政府汇报组建民团一事。半月后，桂系驻军特地派了一个石姓官员到王巷乡视察。蓝君行将两百多人集合起来训练，武器五花八门，有长刀、火铳、弓箭、长棍等等，这位石姓官员看当地老百姓斗志如此高昂，当即表态同意组建民团。蓝君行等十来个瑶人被接到县城，接受长官面见。长官正式任命蓝君行为民团团长，并给他们配了三十支枪。

六

权芳根是天擦亮回到家的。她这次回家可不是一般地回娘家，她的目的明确，离婚，再不回赵家了。

这事在家里炸开了锅，一两天后全村人都知道这事，也炸开了。每天上权家串门的人一个接一个，谁都想一探究竟，谁都劝权芳根不能离，毕竟她才嫁出去几个月，而离婚在大瑶山那是少之又少的事啊。

当时在王巷、门头、罗浦三村交叉路口，有一个防止夫妻离婚的无字石牌。石牌上凿有 11 处齿形缺口，规定夫妻双方谁先主动提出离婚，便须赔偿对方 11 个齿形缺口石头一样重的银子。谁家拿得出这么一大笔银子啊？这样一个石牌条款等于就是让人离不成婚了。

凡事皆有例外，上边那个石牌文虽然很有震慑力，但另有石牌规定了一些状况下可以提出离婚，其中一条用现在的词语概括来说就是“婚内出轨”。瑶家青年男女婚前可以自由恋爱，甚至是同居，爬楼等等风俗，这都是允许的。可一旦进入婚姻状态，就讲究专一了。无论男女皆可以对婚姻伴侣的不忠提出离婚，但要求提供证据，例如捉奸在床，有人证物证等。

权芳根这趟回家来外观上的变化不小，出嫁时一个水灵灵的大姑娘，现在人瘦了一圈不说，皮肤变得又黑又糙，看上去已经是一个操劳过度的妇人模样了。要是过得好好的，能是这个模样吗？

权芳根控诉赵壮火在外边有耐娃（情人），而且还不止一个，她知道的就有两个，不知道的肯定还有。这还不是她要离婚的唯一原因，她说赵壮火好吃懒做，连收禾这样的活都不愿意沾手，不上山不种地。

权芳根这么跑回娘家把父母给愁坏了。她阿爸烦心的是之前赵家送的彩礼，如果对方要求退还，那是要他的老命了。因为那一千斤猪肉权家是用来还债的，芳根的哥哥前年娶亲欠了七百斤猪肉，主要就靠芳根的彩礼来还了。权芳根阿爸阿妈，连同哥嫂都劝芳根，男人有几个耐娃算不上什么大错，教训一下就得了，没有离婚的必要。权芳根说，你们不用劝我了，我在回来的路上都想好了，离不成我就上吊跳河，死也不回赵家。

权芳根的阿爸听她发这样的狠话，气得提起鸟枪上山去了。

赵壮火隔得两天，拎了两只鸡到丈人家，满面春风的，一点没看出有什么不痛快。进了屋就嚷着，芳根，我来接你回家，吃完晌午我们走了。权芳根阿妈看女婿上门，赶紧讨好地上茶。权芳根跑过去，把那两只搁地上的鸡扔出大门口说，赵壮火，东西你带回去，看你走这么远的路来，我做足礼数，给你装一包饭上路，以后不用再来了。

芳根阿爸斥责权芳根无礼，热情地挽留赵壮火吃饭。赵壮火出门把两只鸡拾起来，又进屋了。芳根妈做了好几个菜，让男人和女婿吃饭喝酒。赵壮火是个地道的懒汉，婚自然也是懒得离的，本想来说几句软话把芳根劝回去就行了，看丈人家的态度也是不希望他们离婚的，人更有了底气，觉得芳根不过是在做姿态，所以，他没皮没脸地坐到桌边拾筷子吃饭，还和老丈人妻哥推杯换盏，喝得满脸通红。

他们吃饭的时候权芳根一直坐在门槛边上，不发一言。等赵壮火吃饱喝足，她说，好说好散，饭你也吃完了，回家去吧，省得晚上在路边睡，我这两天就找石牌头人判离婚。

赵壮火打着酒嗝说，芳根，你心眼塞木头了？男人有个耐娃就离婚，你这个女人真要让人笑话你是癫婆了。

权芳根说，我就是癫婆，我就是要离婚。

他们夫妻二人吵闹的时候，门边聚拢来好多人。权芳根一五一十地数落着赵壮火的不是，还不断地赶他走人。赵壮火看权芳根当那么多人的面揭他的短，气急败坏地说，离就离，我还怕你了，你们权家准备好猪肉啊，记得是一千斤。说完这话，赵壮火气呼呼拎着两只鸡走了。

权芳根的哥哥嫂嫂欲追赶，权芳根双手张开拦住说，追什么，你们还怕我还不起他的猪肉？不说是一千斤，两千斤我也要还。

权芳根的哥哥说，好，你厉害，你还去，现在把你卖了也抵不了两百斤猪肉。

哥哥这句话伤到权芳根了，她流着眼泪说，是，在你们眼里，我就是猪都不如哩。

蓝美凤一直站在屋外观望，这时赶紧上前拉着芳根的手说，不哭，芳根，真看不出来，你这么厉害，真要离啊？

权芳根说，说出去的话泼出去的水，离开他赵家门，我就没打算回去。

蓝美凤说，行，你拿定主意就好，反正我会陪着你。

权芳根说，我打算请你阿爸，还有罗埔村的头人一块来裁定。

蓝美凤说，要不你再请上杜先生吧，有他给你撑腰，赵壮火要不了奸的。

权芳根说，好主意，你帮我去请杜先生吧。

蓝美凤说，晚上等杜先生他们回来，我们一块去请。

杜孝和和王知微早两天就听说权芳根回村的事了，因为忙着收集资料，也没特地去关注这事。晚上，夫妻俩从外边回来，正在做晚饭，蓝美凤和权芳根来了。权芳根带来一兜新煮的热乎乎的红薯。

杜孝和说，芳根，你瘦多了。

王知微说，是啊，瘦多了，这两天听说你回来，我们也没时间去看看你。

权芳根说，来，杜先生王先生，你们先吃红薯。

权芳根不会什么汉话，她说的话基本上由蓝美凤来做翻译。

王知微说，这几天在外边都没吃过热饭，一看到你的红薯我都流口水了。

杜孝和拿过一只红薯，熟练地剥皮递给王知微说，谁都知道你爱吃红薯。

王知微接过红薯说，芳根，你以后有什么打算呢？

蓝美凤说，芳根是打算离婚。

杜孝和和王知微几乎是异口同声地说，离婚啊，你们这允许离婚吗？听说石牌有规定是不能离婚的。

权芳根说，石牌是死的，人是活的，有什么离不了的，我今天来是想请杜先生做裁定的，我打算请三个人，美凤阿爸、罗埔村的头人张公救，还有就是您了。

杜孝和说，我可以吗？

蓝美凤说，先生当然可以，您是有文化的人，你更懂道理，头人聚判，就是个论理，相信你比他们都有理。

杜孝和说，芳根，那你先来跟我说说你的理。

权芳根说，我嫁过去没几天就发现不对劲了，赵壮火从来不干活，男人上山下地的活他几乎都不碰，以前全让他爸妈和两个妹妹干，现在我嫁过去了，他们家觉得给了我们家一千斤猪肉，我等于是卖给他家了，什么活都推给我，累点我不怕，男人不贴心最伤人了。赵壮火一天到晚无所事事就去串村会他的耐娃，我知道的就有两个，不知道的可能还不止呢。

王知微说，芳根，你觉得赵壮火有没有可能把这些毛病改过来？要有可能，可以给他机会的。

权芳根说，王先生，都说狗改不了吃屎，赵壮火连狗都不如呢。我刚开始发现的时候都是好好劝他，他不听呢，说多了就给我脸色，在家里摔摔打打的，有几次要不是他妈拦着他都要揍我了，我肚子里都是气啊，整晚整晚地睡不着。

权芳根的话经蓝美凤转述，权芳根听起来更伤心了，趴在蓝美凤肩头上哭起来。

王知微抚着她的肩膀说，别哭了，什么都可以解决的，别哭了。

杜孝和说，芳根，你的意思我明白了，你这事我一定尽力的。

蓝美凤说，杜先生答应帮忙了，你现在可以回去安生睡觉了，明天请石牌头人去吧。

权芳根向杜孝和鞠了个躬，千恩万谢的。蓝美凤拉着她回家去了。

第二天权芳根花两元钱请了罗埔村的石牌头人张公救，再加上蓝朝堂、杜孝和组成了一个评议小组。然后也派人去通知赵壮火来听判。

第三天赵壮火来了，评议小组开始裁判。这个裁定是在村口神庙中进行的。王知微在一旁做记录。

赵壮火和权芳根一起坐在下方。权芳根掏出“八文十六”放在桌上，这八文十六是把八枚铜钱用稻草芯串起来，草绳的另一端绑十六枚铜钱，这八文十六是向石牌告状的凭据，就好比如今的诉状和保证金。

张公救说了一声开始吧，然后先讲了一段石牌料话：

自从盘古开天地，伏羲妹造人民，先有瑶，后有朝。平阳朝廷立官府，管得百姓和田庄。我们瑶山立石牌，管得瑶家百姓人。瑶山二十四花山，我们三十六瑶村，木置牌，村造社，三家为一村，五户为一寨。朝还朝，瑶还瑶，朝廷管平阳，石牌管瑶山。谁个乱舂粑粑，作恶行凶，石牌处罚定不饶……

张公救从盘古开天地讲到祖先如何迁徙进大瑶山，如何建村立庙。这种料话是每个打石牌官司的办案人都要讲的，就类似于今天的法庭宣誓。

讲完料话张公救首先发问，阿火，芳根说你在外面有耐娃，是不是？

赵壮火说，没有。

张公救说，芳根，你说壮火在外面有耐娃，有什么证据？你有捉奸在床吗？

权芳根说，赵壮火至少有两个耐娃，一个叫覃国妹，就是罗埔村的寡妇。另一个叫张二月，在头里村。公救，我没有捉奸在床，但我可以在神公跟前发誓没说假话。

权芳根说完就到神像跟前磕了三个头说，上有天，下有地，天有眼，地有穴，我权芳根如果诬陷赵壮火，让我天打雷劈，让我家牲畜全发瘟，让我家土里不长禾。

张公救说，赵壮火，芳根在神像跟前发誓她没有说假话，没有诬陷你，你敢不敢也去发誓言？

赵壮火的脸露出了难色，他支支吾吾地辩称，刚才权芳根说的那两个都是我结婚以前的耐娃，现在碰上她们我就说说话，没干什么。

蓝朝堂说，睡就睡，没睡就没睡，什么叫说说话？

赵壮火低下头说，睡过几次。

杜孝和说，这按你们的石牌条规，成亲后还与别个女人相好是可以判离婚的。说完杜孝和率先在自己面前的瓷碗上投入一粒黑豆。

这掷黑豆是瑶家判案的规矩，表示赞成原告，投原告一票。

张公救和蓝朝堂也分别在自己的碗中投入了一颗黑豆。

张公救说，权芳根，除了刚才说赵壮火在外边有相好，你还有什么要说的。

权芳根说，赵壮火是个懒汉，连收禾这么大的事情都不下地。

张公救说，这个不是离婚的理由，女人应该比男人勤快，多做家务是本分。

蓝朝堂说，石牌上没有讲男人不收禾就可以离婚的。

权芳根说，赵壮火不单单没有收禾，他也不上山打猎，不下河捉鱼，成天在家里睡觉找酒喝，要不就是出去会耐娃。

张公救说，赵壮火，你阿爸阿妈年纪也大了，你是独子，以后要多做一点家务。

赵壮火说，我哪有不做呢？这个婆娘就是乱讲话。一个女人家做点家务都埋怨，我妈做一辈子都没说一句哩。

张公救说，你这个改好就行了。

杜孝和一听这个风向不对，似乎赵壮火还有理了。他说，一个家是由男人女人共同撑起来的，没有说谁天生就该来受苦受累的。我看大瑶山各家各户男女分工都很好，男的上山打猎，种地，多做力气活，女人养猪养鸡带孩子也不容易，两个人都是互相体贴扶持的，这样日子才会过得好。赵壮火，如果像你这样，会把自己的女人累死的，我有两三个月没见芳根，芳根就瘦成这样差点让人认不出来了，你自己的女人不心疼吗？

赵壮火脸上是不服气的神情，气哼哼地说，娶她，我们家给了一千斤猪肉，有不少肉我们也是借来的，要还的，芳根不辛苦点能还上吗？

杜孝和说，正因为你们有外债才更加要同心努力还啊，难道你娶芳根进门就是让她还债的？杜孝和一边说一边把一颗黑豆放到自己的碗内说，我支持芳根。

张公救看了一眼蓝朝堂，蓝朝堂想了想，也把黑豆投进了碗里。

张公救没有投黑豆，他继续问权芳根，芳根你还有什么要说的？

权芳根说，没有了，我就要求离婚。

张公救转向赵壮火说，阿火，你有什么要说的。

赵壮火说，芳根要离婚也可以，但我有条件，做不到，我就不同意离婚。娶权芳根的时候我们家出了一千斤猪肉，给了四十块钱。现在她只嫁到我家三个月就离婚，我要她赔我家一千斤猪肉，四十块钱。另外，是她先提离婚的，她还要再给我一百块钱。

张公救说，权芳根，你同意赔赵壮火家这些猪肉和钱吗？

权芳根说，只要头人同意我们离婚，我同意。

赵壮火没想到权芳根这么爽快地同意他的要求，一下愣住了。

张公救往面前的碗投入一粒黑豆。

蓝朝堂也投了一颗。

张公救说，既然权芳根愿意返还猪肉和钱，婚就可以离了。

杜孝和说，赵壮火，你要的赔偿对权芳根不公平。当初你娶她是给聘礼，她人也已经嫁给你了，她要求离婚的原因错是在你，不是在她，所以她先提离婚为什么要付你一百元？还有这些聘礼是不是还要如数归还呢？权芳根有骨气，要还你，但我们还是要讲道理，这请头人们裁断。

张公救说，杜先生讲的也有道理，但以前我们瑶山的规矩是谁提离婚谁就要赔对方钱的，我的意见是，赵壮火就不要钱了，权家赔你家猪肉八百斤，你同不同意？

赵壮火说，刚嫁过来三个月，就少了两百斤猪肉，我不同意。

蓝朝堂说，公救判你八百斤不少了，是我就判六百斤。

杜孝和说，我判三百斤。

赵壮火一听数量越来越少，赶紧说，算我亏了，我同意八百斤。

一个早上的争论结束，赵壮火和权芳根在离婚纸上签了字。

从神庙出来，权芳根给杜孝和鞠了一个躬，说，谢谢杜先生。

杜孝和牵着王知微的手笑着说，这个结果并不是最好的，你还要负担800斤猪肉呢，不容易啊。

权芳根说，用这些猪肉能换回我在王巷村的自由自在，值得。

权芳根成了自由人，却和父母闹翻了，一家人对她都没有好话。她干脆搬到蓝美凤家来住，说她一定自己养猪攒钱还了赵家。

两个少女时期就经常挤在一张床上的姑娘，又重新躺到一块了。

蓝美凤说，芳根，这真好像是做梦一样啊，当初看你出嫁风风光光的，我还哭了一场，要知道过几个月我们又睡一起我才懒得哭呢。说说，你以后有什么打算？

芳根说，先养猪还债啊。

蓝美凤说，你以后还想嫁人不？

芳根说，没合适的就不嫁了，没意思，反正留在家里也可以照顾父母，自由自在的。如果是为自己喜欢的人受苦，多累都愿意啊，人就一辈子啊，对吧，美凤？

蓝美凤说，谁不想嫁给自己中意的人呢，可哪有这么如愿的事啊。

芳根说，赵果敢够好的了，不知道你还挑什么？

蓝美凤说，看你婚都离了，我更不敢嫁了。

芳根说，美凤，我是命不好，碰上这样一个烂人，你不会的，果敢这些年经常上我们村来，对他你应该也算是知根知底了，我觉得嫁他没亏了你。

蓝美凤说，是啊，是不会亏了我，有时我是怕亏了他。女人希望男人一心一意对自己，男人也是这样的。

芳根说，美凤，难道你还有别的心思？我觉得周边没有哪个小伙子比果敢更出众了。

蓝美凤说，睡吧，明天还要早早上山打猪草呢。

12月末，大瑶山上的树木还是那么青葱郁然，与之相映的是山顶上堆积的皑皑白雪，让那连绵的山脉显得更高远。天空中时常飘着细雨，阳光隔几日才见得到。粮食已经堆在粮仓，火塘上挂满各种鸟兽的肉干，瑶民们已不再像平日那般操劳，捕鱼的工具收起来了，上山打猎的次数减少了，大家都放松休息，迎接新年的到来。

杜孝和小两口也很兴奋，这是他们在瑶山过的第一个春节，也可能是唯一一个春节，除了可以好好收集民风民俗的资料，还可以和这里的村民们欢度节日呢。他们特地托人从县城购买了许多糖果糕点分发给村里的老人孩子，另外准备了好几张大红纸。杜孝和买这些大红纸是有用途的，他要给村里每家每户送一副春联。

大家忙着准备过年，蓝君行的民团却是在紧张的备战中，县里已经决定在过年前后突袭匪巢白崖槽。选这个日子是因为土匪们年前疯抢了一阵，现在都龟缩回白崖槽想好好过个年，趁他们放松警惕，正是一网打尽的好机会。蓝君行手下的民团队员捉了一两个与土匪长期有联系的瑶民来了解情况，把土匪老巢在白崖槽这个重要情报给挖出来了。白崖槽也在五指峰一带，据了解山上大概有三百多个土匪聚集。

考虑到地势险要，硬拼不如智取，蓝君行挑选了十二个人，号称敢死队，跟他上山。大部队留在附近山林里埋伏，伺机行事。

蓝君行他们一行打扮成上山烧炭的瑶民，分头在白崖槽附近一带的山头烧炭。按预想的，山上的土匪冬天挨不了冻，看到有烧炭的肯定要下山来抢。蓝君行行动之前怕被山上的土匪认出，特地还化了装，脸上贴了胡子，一脸炭灰，背上还安了个小罗锅，看上去就是个邋遢老汉。他们在山上伐树，砍下许多金刚木，大冬天的，个个打着赤膊，流大汗，干得很卖力。另外几个人建窨，窨建好，将木材投进去，封好窨口，从通风口烧火。连续烧了几天，估计得有好几千斤炭烧出来了。这个时候还没见土匪下山，有队员急了说，那花鸡是不是没看到我们啊？有人回答，急什么，说不定他们正在偷看我们呢。蓝君行说，你们每天这时节都窝在火塘边烤火不出门吧，如果花鸡他们不来抢我们这些炭，我们大不了就挑回家烤火过年了。嘴上这么给队员宽心，蓝君行心里还是焦急万分的，家里缺了秀妹，和往年过年的热闹不一样了，他根本无心过年，只想马上要了花鸡这帮土匪的命替秀妹报仇。

第四天，大家收拾炭筐准备挑炭下山了，突然林子里冲出十来个土匪扛枪将他们围住，让他们把烧好的炭挑到匪窝去。蓝君行心中大喜，面上却装得可怜，他对为首的小土匪头说，阿弟，这炭是有人订的，说好这两天给人家送出去，你们如果要，可不可以给我们一点钱，都准备过年了，家里都等钱用啊。那小土匪头说，你们先把炭送上去，我去帮你们讲讲人情。蓝君行说，那就好，阿弟你好心有好报。

蓝君行一行将炭挑上匪巢，他们故意磨磨蹭蹭的，往返两三次，等天全黑了才把炭都挑上山来，而隐藏在周边的民团队伍也慢慢跟上来了。因为天气冷，除了几个在外边巡视的小匪，其他人都躲在茅寮或山洞中，打牌的打牌，赌博的赌博。山上的土匪没有炭，烧的是柴火，柴火烟大，山洞里的小土匪一个个呛得两眼发红。突然间抢了这么多炭上山，土匪们欢喜得很。土匪们赏了一些饭菜给蓝君行他们，也给了一点小钱，打发他们赶快下山。蓝君行恳请在山上过个夜，天光就走。那土匪就让他们睡到堆炭火的一个小山洞里，让他们自己过夜。这正中蓝君行的下怀，他们早在炭筐底下藏了砍刀、枪和汽油。

等土匪一走，他们开始实施之前火攻计划。土匪住得相对集中，两间大茅寮，一个大山洞。敢死队员在屋前屋后浇上汽油，每间茅寮专门留了一个角，那里自然成为土匪们的突破口，而那个口又是敢死队员火力直接集中的射击点，请君入瓮也。

蓝君行布置完队员任务，带上六个人守到山洞口。先解决了守在洞口的小土匪，再往里边扔手榴弹，边走边扔，扔了好一阵，里边的人还在美梦中，被手榴弹炸得鬼哭狼嚎。烟火弥漫中蓝君行手上握着砍刀冲进去，一路砍杀。山洞里边较暖和，几个匪首都住在里面，那花鸡蓝君行是认得的，他从人群中一下看到花鸡领了几个小匪四下乱窜，他冲上前手起刀落，一刀一个，快得他都不相信这土匪头子就这么容易解决了。花鸡是叫都没叫一声就趴下了。与此同时，外边早已火光四起，茅寮烧起来了，土匪们哭喊声一片，枪声同时也响起来了。

蓝君行不慌不忙，燃起火把，确认砍死的人中有花鸡，他的心就放下了。他和队员们继续搜索山洞，不放过一个土匪，不投降的一律就地正法。蓝君行将花鸡的首级砍下，冲出山洞，冲那些还在逃窜的土匪喊话，花鸡、山猪、山蚂拐全都死了，你们不投降，就跟他们一个下场！

这么一喊，那些小土匪也不跑了，个个抱着头跪在地上求饶。

白槽崖一役创造了大瑶山剿匪史上的奇迹，民团不损一兵一卒，剿尽白槽崖上的土匪，土匪无一人漏网。

这一役蓝君行名声大噪，县里来人要接他到县城表彰，蓝君行没去，蓝君行说，我阿行打土匪不是为了表彰，现在土匪杀了，秀妹的仇报了，四乡八里的人好歹能太平一阵，我阿行也要好好过个年了。

蓝君行和本村参加民团的几个年轻人回村得到村民们的热烈欢迎。大年初一，蓝朝堂亲自在村头神庙主持祭神，感恩神公保佑村里的年轻人平安归来。村口摆了长长的流水席，杀年猪、宰鸡，各家把准备的年货都摆出来，欢欢实实闹腾了几天。

杜孝和现场写春联，赠给蓝朝堂家的是“日暖风和开桃李，笔酣墨浓写春秋”，横批是“育才兴邦”。赠蓝君行的是“穿林莽挂晨露，戴月披星；挥长刀守瑶山，赴汤蹈火”，横批是“虎胆英雄”。各家各户把杜孝和新写的春联贴到自家大门口。

蓝朝堂说，杜先生给大家送的这个礼最好，家家户户很喜庆了。

杜孝和笑着说，不说别的，孩子们起码要学会念自家门上这几个字。

蓝朝堂说，对，等开学了，我要考孩子们会不会念自家门上的春联。

蓝君行拿着春联说，老同，你要给我讲讲这春联上写的什么。

杜孝和一字一句地解释给他听。蓝君行听完，笑得合不拢嘴，老同，你这都是夸我呢。

杜孝和说，老同，你干出这么一桩大事，值得夸，我做你的老同面上有光啊，我还听说过了年省里要专门召见表彰你呢。

蓝君行说，是啊，前两天听莫科长说上面可能还要封我个官当当，老同你说，这官要不要当？

杜孝和笑着说，老同想不想当呢？

蓝君行说，当官了会不会给多一点钱呢？

杜孝和说，十年前东河乡也出过一个剿匪英雄对吧？

蓝君行说，是啊，叫李华胜，他剿匪后政府一直重用他，当到治安团长，好厉害的一个人物，不过后来在吃酒的路上被人打死了。

杜孝和说，你知道他为什么会被人打死吗？

蓝君行说，那还用说吗，他得了政府的枪和钱，反过来欺压瑶人，谁不恨他啊。说到这里蓝君行突然打住了，他斜眼看着杜孝和说，老同，原来你是在给我打比方啊，你怕我会走李华胜的老路？你放心，我阿行没有野心，土匪剿光了，我还是回我的王巷，上山打鸟下河摸鱼更快活。

杜孝和说，老同，你想多了，官也不是不能当，就看如何当了，只要扎扎实实是为瑶人谋福利，这样的官老同放胆去做。

蓝君行说，我大字不识一个，出去做事估计就是被人支使来支使去的。我最怕别人指派我，我指派别人还差不多。这段时间在民团那些县政府的人经常下来指手画脚的，自己屁都不懂，老子就懒得鸟他们。老同，我这脾气估计当不了官，没两天就要被革职了，还是每天上山打打兽好，我上敬天下敬地中间敬父母，其他人我不用鸟。

杜孝和哈哈大笑说，老同的性格洒脱啊，你说要带我上山打猎，一直没去成呢。

蓝君行说，老同，不是我不带你，你的枪法没什么进步吧？说实话，那些老水瓜有没有打下来？

杜孝和说，没有。

蓝君行说，你太差劲了，我告诉你，昨天扶民跟我上山，这么小一个人，火铳比他还重，他也提枪打了三四只鸟，你说，我带你上山是不是只看风景啊？

杜孝和说，你这个民团团长太厉害了，我说不过你，放心，水瓜迟早能打下来，我就不信我这么差。

正月十五到了，各家都忙了起来。家家户户杀猪杀鸡舂白糍粑。姑娘小伙子都暗暗备好衣饰，等待盛大的祭祖集会。

蓝朝堂邀请杜孝和夫妻参加。蓝美凤热心地为他们每人准备了一套衣服，都是她亲手缝制的。

王知微的那套衣裙令人惊艳。瑶家自纺的粗布料经蓝靛染色呈现出一种沉静古朴之风，美凤费尽心思在上面用五色彩线绣出最艳丽的图案，一朵朵五彩杜鹃花缠绕在领口袖口，反差之下，瑰丽异常。王知微欣喜地换上，衣裙大小正好合适，她由衷赞叹，美凤，你的手太巧了，我这身衣服如果穿出去参加法国巴黎的宫廷盛宴，也能出尽风头。

蓝美凤说，法国巴黎在哪里?

王知微说，是一个以时尚著称的国家，就是特别看重穿衣服的一个国家。

蓝美凤似懂非懂地点了点头。

杜孝和说，知微啊，不说巴黎那么远了，今晚你穿这一身参加聚会，要没有我的护卫，恐怕都会被人抢走的。

蓝美凤捂着嘴笑着说，是啊，知微姐，你这么美，让我们瑶山的小伙子看到了可了不得，杜先生一定得时时守在身边。不过，你们穿了我们的衣服，看上去还是不像我们的人。

王知微笑了，你穿我们的衣服也不像我们的人，我们那里是长不出你这样水灵灵的美人的。

蓝美凤说，知微姐，你别夸我了，你们要不嫌美凤手笨，这衣服是美凤送给你们的，你们走了也一定带上当作留念吧。

杜孝和说，美凤你有心了，这么漂亮的衣服你不给，我们也要跟你讨了带走的。

王知微的靴子晾在屋外，蓝美凤偷偷除掉她脚上的绑腿木屐，穿起靴子，还转圈跳起舞。

王知微看到了，她跟杜孝和说，美凤穿那双靴子也好看得很呢。

杜孝和似乎看穿了妻子的心事，他说，你想送给她?

王知微说，这是你送给我的礼物，我本来也不舍得送人的，但是美凤——

杜孝和拍拍王知微的肩膀说，没关系，你喜欢她，我也喜欢她，这是个好姑娘。

当听说王知微要把靴子送给她的时候，蓝美凤山里姑娘爽朗的性子显出来了，她可没有半点的推辞，笑哈哈地接下来说，谢谢知微姐，这靴子你好像说过是杜先生送你的，你送我他不生气？

王知微说，不生气，我们都很喜欢你，快穿上。

蓝美凤马上穿上靴子到村子里逛了一圈。有人问，这不是王先生的鞋吗？她得意地笑着说，送给我了。

蓝美凤这段时间一直忙着给杜孝和夫妻做衣服，没特别注意权芳根在忙什么。芳根这段时间最关注的就是她新买的小猪。她借钱买了两头小猪崽，放在美凤家的猪圈里，一块养着。芳根每天出门就是去打猪草，回家就是煮猪食，还不怕辛苦，每天挑水把那猪圈冲得干干净净的，把那两头小猪伺候得比人过得还舒服。

蓝美凤心痛芳根，说，这八百斤猪肉也不是让你一年还清的，慢慢来。

权芳根说，我欠不了债，早还上干净。

芳根阿妈曾经来找过芳根，让芳根回家去住。芳根说，等我还完八百斤猪肉再说！她妈气得拍大腿说，行，你真这么硬，我们也由得你。

后来偶然的，蓝美凤发现芳根也在做衣服，熬猪食的时候，手头上一直在忙。一开始美凤以为她是帮她阿爸做的，再看那尺寸不是她阿爸的。美凤那天看芳根又在缝一只烟叶袋，她一把抢过来说，芳根，你成天缝这缝那的，不会都是缝给赵壮火的吧？

芳根呸了一声说，缝给他？

美凤说，那是给谁的？

芳根说，不告诉你。

美凤说，你这么快就有耐娃了？

芳根说，什么耐娃？告诉你吧，是给阿行哥缝的，秀妹嫂不在了，阿行哥家里的两个孩子没了妈，好在我们还可以帮他照看，可阿行哥前一阵都在民团训练打土匪，他那家都不像家了，我看他连一身好衣服也没有，过年穿得寒酸呢。

美凤说，阿行哥是大英雄，政府都表彰了的，唉，以前他那么对秀妹嫂，现在嫂子不在了，他悔死了哦。我看他给秀妹嫂买了好几双鞋子，都埋坟里了，也是个长情的人呢。

芳根流下眼泪说，阿行哥是悔了。

美凤说，芳根，我看你和阿行哥倒是般配哦，不过，你一来就要当两个孩子的后妈也是难啊。

芳根羞红了脸说，你可别乱说啊，这事得阿行哥主动才行，我怎么说也是个离过婚的女人，名声也不好呢。

美凤说，阿行哥这方面好像不太开窍，你要主动点才对。

芳根叹了一口气说，我给他做衣服，这已经够主动了，其他的，随缘了。

蓝美凤说，这次的黄泥鼓舞由阿行哥来领跳呢，你仔细看哦。

每年的祭祖仪式的重头戏是黄泥鼓舞。这黄泥鼓舞由一只母鼓相配四只公鼓组成舞群。体型肥硕而笨重的长鼓，被称为“母鼓”，而体型细瘦、轻巧，可边敲边舞的长鼓被称为“公鼓”。“母鼓”因鼓面大容易受潮疲软，使用前都反复在鼓面上涂抹黄泥浆，然后再晒干，以此来绷紧鼓皮，使其声音洪亮。鼓手将母鼓斜挎胸前，用双手拍击，公鼓则是竖着拿在手中，用左手敲击，动作随着音乐的变化，舞姿雄健洒脱。公鼓是合着母鼓的鼓点变化的。因此担负打母鼓的常常是寨子里的老鼓手，一般也是德高望重之人。往年，王巷村打母鼓的都是蓝朝堂，即便是他腿不太灵便，他也没舍得把这个光荣职位让出来。今年不同往年，蓝朝堂是亲手将黄泥鼓交到蓝君行的手中说，阿行，以后这个就由你来了，阿叔跳不动了，年轻人上。

祭祖仪式是在一片相对开阔的田地上进行的。这个季节土地平整，一堆堆的篝火燃起来，火星在空旷的山野里流动。全村人倾巢出动，围在篝火边，一张张脸被火映得通红。

蓝君行接过黄泥鼓，手掌在上面用力敲打，脚下轻快地跳动起来。母鼓一动，围着的公鼓也跟着跃动起来了。公鼓把母鼓紧紧围在当中，犹如众星拱月，母鼓又不时和公鼓对应敲打。全村的村民踩着鼓点穿插其中，边歌边舞。母鼓动作悠然自得，柔中有刚；公鼓动作矫健有力，热情奔放。整个场沸腾了。

蓝美凤穿着靴子跳舞，引来众人艳羡的目光。芳根本来不想参加，也被蓝美凤硬拽着上场了。不知不觉地，芳根跳到蓝君行身边，其实是蓝君行有意无意舞动到芳根身边。蓝君行穿了芳根送的新衣，他跳到她跟前说，芳根，你送我这套衣服很合适。

早上芳根去蓝君行家，不好意思直接把衣服送给蓝君行，就让蓝扶民带给他阿爸了。

芳根不好意思看蓝君行，低着头说，我手笨，做工粗，你将就穿了。

蓝君行说，哪个说粗？这是我最体面的一套衣服了，秀妹不在了，没人给我做衣服了。

芳根说，阿行哥，以后家里有女人做的事情，你就喊我一声，扶民他们没妈可怜呢。

蓝君行说，芳根好心肠，谢谢你了。

芳根羞羞地隐入人群里去了，两只眼睛却一直追随着跳黄泥舞的蓝君行。

赵果敢不知道是什么时候上场的，他的到来让本来围着蓝美凤转的几个男青年自动退出去了。赵果敢如一位护花使者，围着蓝美凤跳了好几圈，蓝美凤说，你怎么突然来了，你们村不祭祖吗？

赵果敢说，祭啊，但我想你在这里跳舞，要和别人跳，我就一早出门了，回去估计要被我阿公打了。

蓝美凤说，你是自找的，希望你阿公下手重一点。

赵果敢一脸傻笑，他看着蓝美凤红润润的脸说，美凤，你过年就18了？

蓝美凤说，那又怎么了？

赵果敢说，芳根都嫁人了。

蓝美凤说，还说，都离了呢。

赵果敢说，哎，这女人也是真能闹的，她嫁的可是我叔伯兄弟哦。

蓝美凤说，是又怎么样，那样一个花心仔，当然要离。女人啊，反正一定要看准人了。

赵果敢说，美凤，你知道我的心里从来没有别人的。

两人渐渐舞出人群，赵果敢拉着蓝美凤的手跑到村口外的枇杷树下。他说，美凤，嫁给我吧，省得我的心天天挂着这头。

蓝美凤说，这事我们不都说好了吗？你什么时候把路修好了，我就嫁给你。

赵果敢说，这修路可不是一天两天就能修好的，眼下人我们都在招人，铁锤子那些修路的工具也买了，我阿公还托人弄炸药，开工就是这两天的事了。

蓝美凤说，果敢，你知道不，你修路的事情传开了，你都变成我们瑶山的英雄了。

赵果敢说，是啊，那你还不嫁我？我可是英雄哦，等路修好你要变成老姑娘了。

蓝美凤说，路修好，我嫁你，这是我与你的约定，就像你与杜先生的约定一样，如果你等不及，就另外找人吧。

赵果敢说，美凤，算你狠哦，你这个妹仔心狠的哦。赵果敢生气地甩头走了。

蓝美凤看着赵果敢消失在山道上的背影，突然有些不忍心了，她心里说，我对果敢是不是太狠心了？

王知微和杜孝和俩人自始至终一直踏着鼓点，跟随大家一起舞动，起先不会动作，用不了一会儿，他们扬手跳脚也像模像样了。

蓝美凤跑到他们身边，拉起王知微的手，带领他们重新掀起一个小高潮。她看到人群中的芳根也跳得很快活，阿行哥的鼓打得又沉又稳。

晚上回到房中，王知微说，今天跳得真高兴，比我们的舞会要开心百倍。

杜孝和说，这大山里的老百姓跳舞纯粹就为了快乐，没有我们城里那么多讲究，当然跳得高兴。

王知微说，是啊，老人孩子都一块参加，这个黄泥鼓舞我得好好写一篇文字来介绍。

杜孝和坐在床上突然叫了一声说，这脚不知怎么突然就痛得跟刀割一样。

王知微把杜孝和的脚抱起来认真查看说，是不是刚才跳舞的时间太长了？

杜孝说，不是的，前两天就发现有隐痛了。

王知微说，看上去这脚面有点肿了。

杜孝和说，明天让美凤看看。

王知微说，这种莫名其妙的疼痛西药还真不太管用，你的脸色各方面都不错，不像是肾有问题，我帮你按按看。

王知微慢慢地帮助丈夫按摩，她说，美凤今天穿那靴子跳舞真好看，我是送对了。

杜孝和说，刚才看美凤和果敢跳得好好的，怎么果敢后来突然就不见了呢？

王知微说，应该是闹别扭了，美凤好像是不太想嫁果敢，这姑娘其实心很高呢。

杜孝和说，他们很般配啊，怎么会呢?

王知微说，你这个糊涂虫，你忘了之前和果敢击掌约定修路的时候，蓝家不跟着提出路修好了，美凤再嫁果敢的事?这修路得等好几年，蓝美凤要是真心喜欢果敢，一定不会这么拖着。

杜孝和说，哦，估计美凤是要考验考验果敢，如果果敢真把路修起来，说不定好事就来了。我听说修路的事赵山河和别的头人商量好了，都同意他家出钱出粮，各家各户出人头，可能马上就可以开工了。

王知微说，希望他们都好吧。

第二天蓝美凤来给杜孝和看脚，说是湿气太重，还说以前她爸的脚也经常莫名其妙就肿了，这是在山里待的时间长了引起的。

蓝美凤说，这个不是大问题，我先给你抓几服药。

看蓝美凤这么自信，杜孝和笑着说，知微，听到没有，美凤真成女大夫了。

蓝美凤大大方方地说，杜先生，最近我一直认真读你让人捎来的那些医书呢，这些医书真好，都画了图，书上好些药我们山里就有，没有的在象县大多也能买到。我打算过些日子去我寄爹家住一段，请教他一些我看不明白的问题。

杜孝和说，你爸不反对你给别人看病了?

蓝美凤说，我按医书上说的试着给他抓药治他的头痛，他说轻松多了，他说，可以让我给村上的人治，就是不要给伢崽治，说小孩子容易出事。

杜孝和说，慢慢来，你阿爸还是开通的。

杜孝和喝了五六天的草药，脚果然好了。他特地上蓝家道谢，主要是谢蓝朝堂，当着蓝朝堂的面狠夸蓝美凤，说美凤的医术不比外边的大夫差，蓝朝堂乐得喜笑颜开，说他过一阵子还要送美凤到她寄爹那里去学医哩。

蓝美凤在一旁冲着杜孝和挤眼睛。

杜孝和说，蓝村长就是有眼光。

一大早的，杜孝和和王知微要到罗埔村去，杜孝和早饭做好了，王知微还是没有起床。杜孝和催促时，王知微说，孝和，我好困，我还想再睡一会儿。

这种情况是没有过的，王知微的节制勤奋是少有的。杜孝和担心她是病了，探了探额头，没发现什么不妥。

王知微说，我没事，就是想睡觉。对了。你能不能过去跟美凤讨点酸菜路上带着，我特别想吃。

杜孝和稍微愣了会，他问，知微，你会不会是怀孕了？

王知微思忖了一会儿呼地坐起来说，十有八九是了，我的经期过了半个月了。

杜孝和搂着王知微兴奋地说，我们有孩子了，这太好了！可是这里条件比较艰苦，要不你先回北平吧？等我把资料采集完，马上回去。

王知微说，我说过了，我们分开不能超过一个星期的，这里条件是差点，但山水这么美，相信孩子也喜欢的。

杜孝和说，那你就不要走远路了，就在村子里采集资料。

王知微说，我没那么娇贵，也别娇惯孩子，我要让他跟山一样强壮。

杜孝和说，行，不娇惯你，也不娇惯孩子，但今天你还是得留在家里好好休息，按照我们现在的速度，最多还有两个月就可以收集完所有资料了。

王知微说，要说两个月以后就要离开这里，我还真有点不舍得呢。

杜孝和说，是啊，这是我俩第一次这样深入实地考察，是我们学以致用的第一站，所有的记忆都是美好的。

夫妻俩依偎在一起，过一会王知微又睡着了。杜孝和一个人前往罗埔村，出门时拐到大屋交代美凤有空的时候照顾一下王知微。

蓝美凤听这话还以为王知微生病了，让权芳根上山打猪草，自己过来照看王知微。王知微刚好起床在喝粥，看蓝美凤过来，眼巴巴地说，美凤，酸菜呢？

美凤莫名其妙，你要酸菜啊？

王知微说，杜先生肯定是忘了跟你说了，我今早上起来就想吃这一口，告诉你，美凤，我这里有小宝宝了。王知微笑盈盈地抚着肚子。

蓝美凤张大嘴说，真的啊？哎呀，姐姐，杜先生肯定是乐得什么都忘了，酸菜有什么好吃的，我给你杀只鸡去，好好补补。

王知微说，不用杀鸡，杀了我也吃不下，我就想吃点酸菜，女人刚怀孕就爱吃酸的。

蓝美凤说那我马上给你拿去。蓝美凤再回来的时候手中除了一坛酸菜，还有一大包南瓜子。她说，姐，我妈说，女人这时候嘴特别馋，我给你炒点瓜子，你想吃的时候就抓一把吃。

等王知微吃完早饭，蓝美凤的瓜子也炒好了。蓝美凤把瓜子装进个小竹筐，晾到火塘的架子上。做完这些，蓝美凤走过来跟王知微坐一块，她说，知微姐，我知道，你们肯定住不长了对不，现在有了孩子是不是马上就要走了？说这话，美凤眼睛红了。

王知微说，我们不急啊，要把所有的事情做完才能走。

蓝美凤说，我一想到你们要走，就难受得很。阿姐，要不，你就在这里把孩子生下来吧，我可会看孩子了，保证看得好好的，石林就是我带大的。

王知微笑着说，傻姑娘，你还怕没有孩子带？要说那赵果敢还真不错，阿姐劝你就嫁了吧！

蓝美凤说，阿姐，没有多少个人有姐姐这样的福分，能嫁到这么贴心的一个男人。我们芳根现在还在山上打猪草，等把猪养肥了还赵家的债呢，说实话，我都怕嫁人了。

王知微说，美凤，你的心事怎么就这么重呢，多往好的方面想，经常想好的，一切就会朝着好的方向走。

蓝美凤说，行，阿姐，不说这些了，前一阵我给你和杜先生都做了衣服，我也要给这小小孩子做身衣服。

王知微说，好啊，等着看你的手艺。

蓝美凤说，小娃娃以后会问，我为什么有这样一件衣服，姐姐一定要告诉他，曾经在这样一个地方，有一个阿姨为他做的，如果有可能，让他来看看他的阿姨。

王知微搂住蓝美凤说，我的好妹子，这阿姐保证能做到。

从那天开始蓝美凤就被一种忧思困扰着，每当想到这一对给她带来快乐与改变的伴侣很快就要离开，她便伤感起来，她不那么爱笑了，与她要好的芳根也能感觉到她的情绪变化，却不知道她的这份忧郁从何而来。

这时的芳根也顾不上深究蓝美凤的思绪，她正积极地替蓝君行看管他的孩子，很多时候芳根已经替代了孩子母亲的位置。蓝君行出去县里做事，当了个治安团副团长，家里完全扔给了芳根和蓝美凤。

权芳根经常上蓝君行家帮孩子们做饭、洗衣服，还经常就睡在阿行家了。当然，那都是阿行不在家的时候。

蓝君行偶尔回一趟家，有时候能看到芳根在他家里，有时候，芳根并不在家里，但即便不在家里，阿行能感觉到这家里到处是芳根的味道。阿行有一天问自己的小儿子说，扶冲，喜不喜欢芳根姨？扶冲说，喜欢啊。

蓝君行说，让她住到我们家里来，你乐不乐意？

扶冲说，乐意，阿爸不在家的时候，芳根姨经常就住家里，我喜欢跟她一块睡呀。

蓝君行笑着抚着儿子的头说，你这家伙，比你阿爸有出息。

阿行那晚上就在想，他是该为孩子们找个妈了。不过，是有点委屈芳根了，年纪轻轻就要当后妈，他真要娶她，得好好对她，再不能像以前对秀妹那样了。

第二天，阿行去给秀妹扫墓，手上拎了一只竹篮，里面装着几只糍粑，一小壶苞米酒和一双新买的木屐。路上碰到了杜孝和，杜孝和看他手中的东西说，去看秀妹？

蓝君行说，是啊，昨晚上才从县城回来，今天去看看秀妹，和她说说话。

杜孝和说，我和你一块去，我们一路上聊聊，你一去县城，我们都好久不见了。

蓝君行说，好，我们一块去看秀妹，然后再回去聚聚。

杜孝和说，最近我看芳根一直帮你照顾扶民和扶冲呢。

蓝君行说，是啊，我去县城也没办法带孩子，走之前就托的美凤和芳根。

杜孝和攀着蓝君行的肩膀说，我看芳根是不错呢，老同没有想法？

蓝君行说，昨晚上我刚想到这事呢，也不瞒老同，我是觉得芳根不错，本来就同一个村子的，知根知底，可我带着两个孩子。芳根一下子就是后妈了，就这在心里有点过不去。

蓝君行没让杜孝和说话，他抢了话头说，老同是怕我那畜生的性子又犯了吧！这个你放心，我再那样，秀妹也不可能饶过我。

俩人说话间，走到后村的岩坡上了，秀妹的坟就在岩坡脚下。蓝君行走到墓前先把香点上了，然后再摆上糍粑、木屐，那壶酒是慢慢地浇在坟头上的，蓝君行一边浇一边说，秀妹，好久没来看你了，今天又给你买了双新鞋子，换着穿吧。再跟你说件事，我想给扶民他们娶个后妈，你同不同意？不同意你给我托个梦啊。

杜孝和也上前祭拜，说，秀妹，扶民和扶冲都很懂事，你放心好了，阿行现在也很好，和以前大不一样了，我就看他太孤单了，两个孩子也要有人照顾，你心放宽，保佑这个家里能进个好女子，让这个家过得更好。我看芳根就是个好女子，你应该不会反对的吧？

他们说着话，有一阵风刮过，一只鸟儿落到坟头旁边的草地上，冲他们欢叫，鸟儿突然又腾地飞起来，迅速地飞出他们的视线外了。

蓝君行说，老同，秀妹这是同意了吧。

杜孝和说，秀妹这么爱你，爱孩子，她哪里会反对！

杜孝和和王知微算好最多需要一个多星期就可以将资料收集完毕。

这个星期是定好了要往三河村去。从王巷往三河村路不好走，有很长一段平常都只有牲口在上面跑，人很少经过。路上得耽误一两天。因为路途遥远，杜孝和他们雇了一位挑夫和一位向导，莫英谷也陪着他们一块上路。

前往三河的山路很多，不仅走得费力费时，还费眼，眼睛得小心盯着脚下踏出去的每一步。为了照顾王知微肚里的孩子，他们走不快，也不敢累着。走了大半天，好不容易遇到一片看上去相对平缓的竹林，俩人寻了一块平整的阴凉地坐下来休息。杜孝和发现王知微的手肘边磨出了血，翻开背包想找点东西给她包扎一下。王知微说，不用了，血结痂了，刚才爬坡滑了一下蹭的，没事。

杜孝和说，那就吃点东西吧。他把早上出门前准备的煎饼取出来，夹了两片肉干递给王知微。王知微摇头说没有胃口，不想吃。杜孝和就把那饼撕了，一片片喂她嘴里，她勉强吃了。看她把一张饼子吃完他放心了，他给她把额头上沾湿的头发拨开，用毛巾轻轻擦了擦说，累吧？以后离开了大瑶山，到别的地方去，我们可能还要经常过这样的生活呢，风餐露宿，长途跋涉。

王知微说，是啊，这就是我们选择的事业，再苦再累，都是值得的，以后我们离开这里，肯定会怀念和追忆这里的生活，每一天都能记起来。

杜孝和爱怜地拍拍王知微的头说，那是一定的，所有的都是人生难得的经历。

那向导和挑夫在前边走得快，回头看不见他们，他们等了一会儿，看到莫英谷跟上来，又继续往前走。莫英谷不好意思总跟着杜孝和夫妻俩，感觉自己像个电灯泡，所以总要走快一些。

走了半天路，向导和挑夫在一个岔路口等到莫英谷，他们向他抱怨杜孝和夫妻走得太慢，挑夫说自己肩挑重担如果这么走法得累死人。莫英谷说人家是城里人，不能跟你们比，你们走你们的，像这种岔路口留好路标就行了。向导抽出腰刀砍了一根树枝削成棍子，在棍子上压上一块石头，棍子指的方向是右边的山道，左边是往大山里去的，除了进山打猎的人基本没人走。

向导和挑夫留了路标放心继续前行。莫英谷在岔路口抽了一支烟，似乎听到杜孝和夫妻跟上来的声音，他就往前走了。

这三个经过岔路口的人根本不会想到，在他们走后不久，一个放牛的老人领着牛回家，人走前头，牛走后头，经过这片林地时，牛笨重的蹄子把先前向导放在岔路口作为路标的木棍踢到了另一个方向。

杜孝和和王知微走到这里，看到路标毫不犹豫往左边道上走了，那时太阳还明朗，竹林的风很凉爽。他们越往里走竹林越密，不时有雾气飘来，走到天蒙蒙黑他们起了疑心，感觉困在原始森林，已经无路可走了。突然，杜孝和发现前方隐隐有一栋貌似房屋的建筑，便前去查看。两人怎么也想不到的是，此处“建筑”是当地瑶民设计的一个虎阱。就在杜孝和猫腰查看时，触动机关，虎阱上的巨大石块及木石块“砰”地落下，压在杜孝和身上。杜孝和立时痛晕过去。王知微惊呼一声疯一般扑上前，奋力把压在杜孝和身上的石块移开。杜孝和的腰腿部血肉模糊，在呻吟中慢慢清醒过来。

四周漆黑一片，王知微的呼救声无人能闻，她最后冲着虚空喊叫了几声，还是只听到自己的声音回荡。她放弃了这种徒劳的呼喊，抹一把泪，打开背包，找出一件软薄的衣衫，简单地给杜孝和包扎了一下。眼前的爱人奄奄一息、危在旦夕，王知微咬牙做出一个决定，她将食物和水放到杜孝和的手边说，孝和，我要走出去找人，你安心在这里等我，乖乖地在这里等我回来。

杜孝和说不出话，但他的手还能动，他虚弱地摆摆手。

王知微把杜孝和的手抓牢，她说，孝和，你的伤不能等，你需要治疗。

杜孝和用尽力气大喊，知微，别走，我要你待在我身边，哪也不要去。这话喊出来，却根本没有声响发出来，只是让他的嘴皮嚅动了几下，他绝望了。这个时候他已经不是简单地担心她一个人走在黑暗的山路上，他感觉自己无比软弱，一个人在这暗夜中的孤独太可怕。

她握了握他的手，俯下身子在他额头上亲了一口说，你要有信心，老天爷会保佑你的。

她不再回头，她走得很急。可她的心她的心思一直留在爱人身边，她知道他痛，她害怕漆黑的夜里有动物出来伤害他，她害怕他挺不到她把人找来……她一路只想着他，走得越来越快，稍微平坦一些的小路她就迈开跑，她希望马上能找到人，能把重伤的爱人救回去。不知道怎的，她突然听到不远处的山坳有人说话的声音传来，她大喜过望，一路朝人声扑去。她当然不知道在大山里面，这样一个声音的传导，似乎在近处，而有时实际得在一两个山头以外。树枝扫了她的脸，草勾绊她的脚，她全然不顾，她只往那声音奔去。她的脚突然一滑，整个身体失衡，她轻视了脚边被雾水打湿的石块。这一滑让她整个人出溜翻滚下小路旁的山涧。这山涧如此狭窄却又如此深不可测，水很快淹没了她，她的手无法触摸到任何东西，她的手无力地在水里滑动。山里的水真冷啊，她不再有力气挣扎，她的面孔朝着天空，慢慢被冰凉的水淹没。她心里暗暗叹息，对不起，我亲爱的人啊，留下你孤独的一个人了。

山涧将她永远留在黑暗里。

杜孝和当然不知道，刚才王知微在他额头上印下的那个吻，是他们今生永别的最后一个仪式。他匍匐于地，听她仓促的脚步声慢慢消失在林子的尽头。这一夜他的耳里尽是虫鸣、野兽的哭泣，月色再美，他也无心欣赏，他的身体被巨大的疼痛一阵阵袭击，人再一次迷糊过去。

他再醒来的时候天已经亮了，他听得到远处有人吆喝牲口的声音。听到这声音，他的身子被注入一股动力，他在地上爬动起来。他双腿无法用力，全凭两只手用力往前，不知道爬了多久，他终于看到一个人，他大声呼唤。这个早起砍柴的瑶民突然看到一个满身血污爬行的人，吓得转身就跑。

杜孝和以为这个瑶民不会再回来了，他伏在地上再无力气移动半步。这瑶民却偏偏去而复返，他把杜孝和当成了野人，所以回去找了两个帮手过来，这下杜孝和得救了。

瑶民把杜孝和背回自己的村子，去寻来一个会说几句汉话的人，打听清楚杜孝和原本是从王巷村来的，他们就把杜孝和送回了王巷村。杜孝和最关心的是王知微，然而，去求援的王知微却杳无音讯，她并没有回到王巷村。

王巷村的村民全部前来照看杜孝和。蓝美凤找来草药帮助杜孝和止血，清洗外伤，腰腹的严重内伤，她并无把握。村里人都聚在一起商量要把杜孝和赶紧送出去接受治疗。杜孝和拒绝了，他说找不到王知微他是不会离开王巷村的。

杜孝和躺在床上，听到石牌头人发出的救人讯号，喊村一波一波地在大瑶山上空传播，每一声叫喊都让他心惊肉跳。救人讯号迅速传遍附近几个村寨。凡十六岁以上男子，都进山寻找王知微。

杜孝和每天都在疼痛中呻吟，每天都翻来覆去无法入眠，其实，在他的内心早已有一种不祥的预感，王知微应该出事了，这样的预感再次如巨石撞到他的胸口，他趴在床头吐了一大摊血，他自责地哭喊，我为什么放你走，我愿意替你去死……

并无太多人生阅历的蓝美凤一边用毛巾替他擦拭，一边捂嘴哭起来。蓝朝堂把蓝美凤拉到门外，摇头叹气，他说，只怕是一个生死未卜，一个生不如死，这个杜先生太重情，血都吐了，怕是过不了这一关了……

蓝美凤喊着，不会的，他们谁都不能死。此时蓝美凤突然想起自己在圣堂山做过的那个梦，梦里的王知微将杜孝和托付于她，当时她觉得不能理解，现在看来却是一种预感了。想到此，蓝美凤大声哭起来，她不信这会是王知微的结局，不相信。

蓝美凤把石林和芳根叫来，让他们寸步不离杜孝和，她则收拾了一只背包，飞快地朝着圣堂山的方向奔跑。她一路跑一路责怪自己，前些日子要不是因为自己受伤，知微姐他们一定能上到山顶拜神树，有神仙的保佑，他们的灾难也就免了。是她，所有这一切都是因为她引起的，她一定要匍匐到神树的脚下，求神救回知微姐，救回杜先生。

蓝美凤不曾停下来休息片刻，她不知道饿，不知道渴，深夜，她身陷寂静漆黑的山谷里也没有一点的害怕，她的目光一直向上，仰望山的最高处，寻找神树。周围是野兽的叫唤，天空中月如弯刀，蓝美凤无心关注这凄凉的夜色，她在无路的丛林中穿越，树枝划破了她的腿、她的手和脸，一丝丝的疼痛让她感觉到爱正游走她的全身，她想当年她的阿爸也一定是这样穿越丛林，穿过黑夜，为自己所珍爱的人不顾一切。她痛哭起来，阿爸有多爱她，她就有多爱杜先生他们。

她终于穿越了黑暗，在太阳冲破晨雾的早晨她看到了那棵传说中的千年神树。它那般庄严，那般巍峨，枝丫如伞盖遮天蔽日，护佑一方。树身环绕轻纱般的白雾，千鸟归巢，此情此景不似在人间。蓝美凤双膝跪下，她一路磕头一路跪过去，她合掌祈求，神仙树，神仙树，求您，救救知微姐，救救杜先生。

树没有回答她，树一直静默着。她说，神仙树，您可以回答我吗？让我听听您的声音。树没有回答。她说，我求求您，让他们都好好活下来，长命百岁地活下来。她似乎听到了一声叹息，那一声叹息让她心发慌。她说，神仙树，我太贪心了是吗？好吧，无论是知微姐，还是杜先生，只要他们有一个能活下来，我就不嫁人了，我哪也不去，我每天在我的村子里遥拜你。神仙树，这是我跟您的约定。

没有人知道蓝美凤曾经来拜过这棵神树，还和神树有这样的约定，只有她自己知道，她用自己的一生去守了这个约。

六天过去了，瑶民沿着杜孝和他们曾经行走的路线，尽可能地扩大搜寻范围，始终未能寻见王知微。杜孝和依然拒绝出山就医，他虚弱地躺在床上，半梦半醒之间他看到王知微了，她在水中，很安静的样子。他问她，你在哪，我到处寻不到你？她说，亲爱的孝和，我在水里，水真凉啊。

杜孝和惊醒过来，通知村里人，要注意搜寻水域。第七天，在王巷与三河交界一处悬崖下的山涧积水中发现了王知微的尸体。

没人敢把王知微遇难的消息告诉杜孝和。这个难题首先是推到莫英谷那，可出了这么大一桩事故，莫英谷根本不敢见杜孝和，就把这事推给蓝朝堂，蓝朝堂推给蓝君行，蓝君行又把这个难题推给蓝美凤。

这些天蓝君行是上山找人最积极的一个，他觉得这事他有很大的责任，他一直说带杜孝和进山打猎，说来说去就在玩弄嘴皮子，他认为，如果杜孝和跟他进过山，不会不识得捕猎的陷阱。他太对不起这个老同了。

蓝美凤和杜孝和一样，一直在等待一个奇迹的发生。她希望她前往圣堂山的祷告能够带来奇迹，她希望王知微仍然好好地活在这世上。但是蓝君行带来了坏消息，蓝君行还让她把这个消息转告给杜孝和。这些天，杜孝和痛苦地在床上翻腾，从不敢睡去，看到门外有人走动，都要问是不是有王知微的消息了，而今天王知微找到了，却没有人敢告诉他。蓝美凤知道如果得不到王知微的消息，杜孝和是不可能出山治疗的，最终，她还是把这个沉重得她几乎无法负担的差事担起来了。

脸上带着泪痕，她坐到他跟前。

他从她眼里的忧伤看到了什么。他说，找到她了？

她说，是的。

他说，在哪找到的？

她说，姐姐告诉过你，她在水里。

杜孝和像孩子一样，捂住脸唔唔地哭出声来，他哭得很大声，蓝美凤陪着他一起哭。他突然扬手让蓝美凤赶快离开他的房间，他大声地驱赶她，蓝美凤不知所措，只能离开屋子待在门外。她坐在门外的石板上哭泣。蓝君行走过来问，你告诉杜先生了？蓝美凤点点头。蓝君行说，那你在这里干吗？她说，杜先生赶我出来的。蓝君行脸色一变，骂道，你糊涂啊！蓝美凤从堂哥的脸色突然想起什么，心一下坠到地下。他们冲进门去，发现杜孝和已经爬下床，正在将携带进大瑶山剩余的消毒水，一股脑吞下。

蓝美凤抱着杜孝和的头，手伸入他的喉咙，让他一阵阵地呕吐。看地上的秽物估计他已经将消毒水吐得差不多了，她才和蓝君行一道把他抱回床上。杜孝和一身汗，脸色苍白。蓝美凤也是一身汗，心一阵阵狂跳。她说，杜大哥，你不能干傻事。蓝君行说，老同，想开一点，人这辈子长得很啊。杜孝和沉默着。蓝美凤不停地抹着眼泪，她不知道如何来安慰这个痛彻心肺的男人。

王知微的尸体被运回村外，摆放在一块平坦的巨石上。盘士暖的女人领着村里的几个妇人，替王知微净了身，她们用白色的土布将尸身包裹起来。盘士暖的女人抹着泪说，可怜的妹子，你的爸妈该有多伤心啊。我们盘家记得你的好，以后每年你的祭日，我让我家孩子都给你敬香，烧纸，你就放心地走吧！

蓝君行背着杜孝和前去看王知微最后一眼，因为尸首在水里泡的时间过长，不得不尽快将王知微安葬。在看到身裹白布的王知微时，杜孝和发出一声催人断魂的哭叫，他突然伸手往蓝君行的肩上一按，反腰翻身，头部向大岩头迅速撞去。幸亏一旁的村民早有思想准备，眼疾手快一把拦住，才没再次发生意外。

蓝美凤再也忍不住了，她扑着跪到王知微跟前，她喊着，姐姐，姐姐，你醒醒啊，你醒醒啊，你看看杜先生，他也不要活了，你醒过来劝劝他吧？你们为什么来这里，来这里就是为了死在这里吗？

最后这句话让杜孝和听呆了，是啊，难道死是他最好的选择吗？是他最好的解脱吗？他们来这里是为了什么？他们曾经一路谈笑风生，感觉进入了一个避世的小桃源，他们曾经憧憬着要见证瑶山的变化，他们曾经想象着离开这里以后会怀念这里……如今只剩下他一个，知微是因为要救他而丢的性命，而他却要用自己的性命去回报她的付出，这似乎变得可笑了，这不是王知微想看到的……

杜孝和放弃了哭闹，他安静下来了，他要好好地参加这个葬礼，把自己的爱人好好埋葬。

村民们为王知微选了一块坟地，那块坟地坐落在后村山脚下，旁边是一片杜鹃花林，坟头面对着圣堂山。

杜孝和被人抬到坟前，他要求把他放下来。他无法直立行走，他紧紧抱住那块仓促立起的墓碑。上面是他亲自书写的碑文：

吾妻王知微女士于民国二十四年夏，同应广西省政府特约来桂研究特种民族之人种及社会组织。次年三月二十八日于王巷赴三河之瑶山道上，向导失引，致迷入竹林和误踏虎阱，妻力移巨石，得获更生。旋妻复出林呼援，终宵不返。和负伤匍匐下山，遇救返村。始悉妻已失踪。搜遍七日，获见于滑冲。渊深水急，妻竟怀爱而终，伤哉！妻年二十有四，河北肥乡人。人天无据，灵会难期，魂其可通，速召我来。

民国二十五年四月杜孝和立

他对她说，对不起，让你躺在这么黑暗的地底下，把你一个人孤单地留在这里，你曾说过你与此地有着非常大的缘分，似乎前辈子就到过这里，现在我信了，我愿意相信这是缘分，是这片土地太爱你才把你留下。可是，这又是何等的残酷？离开你我生无可恋，却又必须继续生活下去，这真是令人尴尬的抉择。你懂我说的，也只有你懂，从今日起我活着再不是为我一个人，还为了你。

祭奠完王知微，杜孝和向村民们鞠了一个躬说，这些天感谢大家了！这件事我和王知微负有主要的责任，我们不谨慎，不小心，不怪向导，不怪莫科长，这样一件事让大家跟着受累伤心难过，我感谢大家，也要跟大家说一声对不起。和大家生活的这一段时间，给我给王知微都留下很多美好的记忆，我一定会写到书里，我会想念你们的。我祝福瑶族同胞的日子越过越好，在这里，我给大家承诺，我杜孝和总有一天会重返大瑶山。

杜孝和躺到担架上，行李已经收拾好，几个挑夫也准备好了脚程。村民们一个个走到杜孝和跟前与他告别。

第一个上前的是蓝朝堂。杜孝和对蓝朝堂说，蓝村长，这些日子辛苦你了，都没好好跟你说一声谢谢就这么仓促地走了。

蓝朝堂说，一家人不说两家话，好好养身体，还有什么需要了解的就写信给我。

杜孝和说，孩子们就靠你了。

蓝朝堂说，您放心，我不会再让化瑶小学关门的。

蓝石林站到父亲身旁，拿了一张画塞到杜孝和的手中说，送先生的。

那幅画画的是杜孝和和王知微初到王巷村的情景，杜孝和和王知微走在前头，后边跟了好些挑着行李的挑夫，那时候画上的人笑得可真甜啊.

杜孝和说，画得真不错，我会好好留着的，继续画，用心画，以后把大瑶山画给所有的人看。

赵果敢上前握住杜孝和的手。杜孝和拍拍他的肩膀说，果敢，好小伙子，我知道路已经开始修了，真的感谢你能跟我立这么一个约，了不起，你还年轻，能做的更多！

赵果敢说，杜先生，我希望路修通的那天，你能回来剪彩。

杜孝和说，谢谢阿敢，这是你给我的最大鼓励，我一定努力。

最后一个上来告别的人是蓝美凤，她害怕这种告别，她站在担架前说不出任何一句话。杜孝和说，美凤，替我多陪陪她，和她说说话。

蓝美凤说，你放心，我会的，有我在，姐姐不会孤单。

杜孝和，你还在读《唐诗三百首》吗?

蓝美凤点了点头。

杜孝和说，继续，别忘了我们的约定。

蓝美凤又点了点头。

杜孝和看着远方的圣堂山说，人不能做候鸟年年南飞，梦中也会萦绕，大山作证，孝和无论身在何方，心系此乡。

杜孝和的担架消失在山那头。蓝美凤轻轻诵起一首刚会背的唐诗：山中相送罢，日暮掩柴扉。春草明年绿，王孙归不归?

她本想随着人群将他送到山外，可她知道，送到山外也不免还是离别，那个时候她不知道如何来控制自己的情绪，不如就在自己生长的地方和他告别，她还不至于太失态。这个人走以后还会不会回来?这里是他的伤心之地，回到这里除了痛苦还能想起什么呢，不来也罢!

她清楚地记得与他的第一次见面。他的衣衫湿透了，他牵着知微姐姐的手，他微笑着看着大家。那样一个影像扑面而来，她的眼睛又模糊了。我所爱的人啊，我的家乡怎么就成了你的伤心之地?

最后一个和杜孝和告别的人是蓝君行，因为他作为担架队的其中一员，一直把杜孝和送到梧州，上了船。

蓝君行小心翼翼把杜孝和从担架抱上轮船，看着原先气宇轩昂的老同如今如婴儿一般柔弱地躺在他的臂弯里，他心痛了。他说，老同，无论以后遇到什么事，记得大瑶山有我这个老同，没有什么事过不去的。回去养好伤，有空再练练枪，到时回来我带你上山打鸟。

杜孝和和蓝君行紧紧抱在一块。在杜孝和的心里，眼前这个男人身上的山野气息，是他离开瑶山最后的纪念。

七

杜孝和离开以后，村子似乎迅速沉寂下来，夜晚也似乎比以前要长了。晚饭过后村里难得见在外边走动的人，大家再也看不到杜先生拉着王先生的手在村里走动的情形，大家再没有可以捂着嘴偷着笑的材料。

那个在化瑶小学大门口辟出来的球场，白日课间时间还有一些孩子在上面玩球，放学后玩的人就不太多了。大家对打篮球的规则时有纷争，互不相让。孩子们口中时常念着“你不信就去问杜先生或王先生，刚才那个球是我们赢了”。或者“你们刚才犯规了，理在我们这边”。他们谁也问不出答案了，做裁判的杜先生和王先生都离开了。

有一天篮球不小心又滚落到山下，大家找了好几天也没有找回来，于是很长时间就没有人玩球了。

王巷下了一场大雨，远远地能看到山涧中的溪流如瀑布一般倾泻而下。蓝朝堂披上草蓑，戴上竹笠，如平时准备往化瑶小学去。

蓝美凤说，阿爸，今天就不去了吧，这么大的雨，估计也没有孩子会出门上学的。

蓝朝堂说，你怎么知道没有孩子上学？我从来没跟娃们说过下大雨不用上学的，别让孩子白跑了。蓝朝堂一脚高一脚低地步入雨中，很快地，雨雾把他淹没了。

教室的门是锁着的，蓝朝堂看到门外的屋檐下没站着孩子，他松了一口气。他打开教室门，把雨具留在门外。他走向讲台，拿起黑板擦把孩子们在黑板上乱写乱画的内容擦掉。教室后面贴着杜孝和写的横幅“我爱大瑶山”，方正茂密的颜体，字没有什么变化，只有那写字的纸变黄了。

蓝朝堂转头朝门外的操场看去，像是能看到杜孝和夫妻在这里和孩子们玩耍的热闹场景。他叹了一口气说，杜先生，王先生，孩子们想你们啊。

蓝美凤背了好多药材出山，她去跟寄爹住了三个多月，把医书上看不明白的地方指出请教寄爹。她顺便把那些草药都卖了，回家时又买了一只篮球带回来。化瑶小学的孩子们有了球，又开始玩起投篮的游戏。只要闲着，蓝美凤会拿着针线，一边做着针线活，一边给孩子们当裁判，有时候孩子们对她的裁定有异议，她便说，我都写信问过杜先生了，他说就这么判。

蓝美凤隔一两天会上山采草药，每次都要从王知微的坟前经过。上山的时候，她会跟王知微打招呼，姐，我们上山吧。

等采完药回来，她坐在坟旁边，把采到的草药分类捆扎，一边跟坟里的人说话。

她说，姐，今天采到这个黄精、山豆根、龙胆草都是上好的，前阵子三叔公胆痛，想找一根龙胆草都找不到，今天采了一大把。

姐，在我们这个大山沟住着也是蛮好的，不用想什么事情，就算有什么烦心事上一趟山就没有了。

姐，你说杜先生现在在干吗呢？他该能下地走路了吧？也不知道有没有人每天搀着他，让他慢慢练习走路。

姐，我走了哦，回去给我妈做饭了，过两天再来陪你说话……

蓝石林在画猪栏里的大肥猪，他坐在猪圈边整整画了一天，蓝美凤让弟弟安心地画，自己把所有家务活都承担了。晚上，蓝石林把画递给姐姐看，姐，你看我画得像不像？

蓝美凤说，画得很像，不过你是对着猪画的，如果不让你看，你能画得出来吗？

蓝石林说，你小看我呀，杜先生走那天我送他那幅画难道不是我想着画出来的？

蓝美凤说，你之前也没让姐看那幅画一眼。

蓝石林说，那时候你们都只顾着伤心了，我画画你没在意，不过我也很伤心，所以我就想着王先生的样子和杜先生的样子，想着他们第一天来我们村上的样子，我把这些想的全画下来了，杜先生说我画得很好呢。

蓝美凤说，那你帮姐姐再想一个，给姐姐也画一幅画。

蓝石林说，姐姐想要画什么？

蓝美凤从箱子里取出一只枯萎的花环，她把花环戴在头上，她说，石林，你就想着姐姐和知微姐姐在圣堂山上，戴着这样一个漂亮的花环，我们并排着坐在草地上，杜先生站在我俩身后，你就画我们三个人。

蓝石林闭上眼睛，过一会他睁开眼睛说，姐呀，好美的画面，你等着，我给你画，你别催我哦，我要给你画最好的。

两个月后，蓝美凤拿到了这幅画，她把自己关在屋子里，痛痛快快哭了一场。她把画端端正正地摆放在面前，她走进画中，当她走出来的时候，人变清明了。她把画仔细地卷好，和花环放进同一只箱子里。

那一天，蓝美凤觉得太阳特别的明亮，她整个就罩在光里，那些光一直随同她走动，让她清亮得像山间的泉水一样。

远远地看到一个人，从身形和行路的姿态，蓝美凤能判断出是赵果敢。

赵果敢冲着蓝美凤吹了一声响亮的口哨。走近了，赵果敢卸下身后的背包，他还如以往一样，每来一次都要给她送礼物，今天是一双高筒皮靴。

赵果敢说，早想给你买一双这样的靴子了，南方不好找，没得卖。

她知道他为什么要给她送这样一双靴子。那双王知微送给她的靴子在原主人走了之后，她没有再穿过。她将知微姐的靴子细细抹了核桃油收起来，也当作了一件纪念品。手上拿着赵果敢新送的靴子，蓝美凤心里生起感动，眼前这个男人心里确实装着她啊。她穿好靴子让他看。他说，合适，这是美凤自己的靴子。

是啊，他就想让她拥有一双完全属于自己的靴子，不过眼前这双靴子却让她想到了更多。她压抑住心中的思绪说，今天怎么得空过来了？我还说过两天去看你们修路呢。

他说，路天天都在修，我是抽空过来的。

她看他脸黑了不少，额头上还有一块大伤疤。她说，怎么受伤了？

他说，修路炸石头被崩的。

她说，你不会离远点，没炸进你眼里算好了。

他说，快一年时间才修了不到十里路，太慢了，杜先生回来问我，我都不好意思跟他说。

她说，他该伸大拇指夸你才对呢，这山石这么硬这么险，别说修路了，挖条沟都难。

他说，美凤，你知道我难，我就不难了。

广州在这样的冬日，天冷如冰，还不停地下雨，唯一给人安慰的是满城的绿。冷未曾将这些绿给封杀，它们仍然盎然。

杜孝和躺在病床上，护士刚给他换了药。从大瑶山出来，他被一路安排送到广州的静安医院进行治疗。按医生的嘱咐，他得老老实实在床上躺够一百天。杜孝和讨厌这样安静地养病，这样安静地听钟表滴答走动的时光，更容易让他沉浸到痛苦当中，他到现在也不愿意相信，那个她永远地不在了。这是一个噩梦，可这个梦永远难以醒来。于是，他用其他的梦尝试着一次次去纠正，去弥补。他不止一次在梦里潜入水底，抓住爱人的手，用力将她拉出水面，在即将跃出水面那一刻，她的手总是会滑落，无论他如何努力，她的手还是在最后一刻滑落，她继续沉入水中，仿佛那镜一样的水面便是阴阳两隔的门槛，从此相见无期。他也曾经梦到一个人在遮天蔽日的林子里呼唤她的名字，一声声回答他的只有浓重的雾，它们把他包围，让他迷失方向，让他淹没其中，这种时候他反而有了一种快感，也罢，把我浸透吧，把我融掉吧，只要能见到她。只是，当迷雾散去，原地还是只剩得一个他。

知道他在广州治病，源源不断的问候来了，还有那些在报纸上接二连三的报道，杜孝和在恍然忧思中猛然惊觉，他与王知微的遇险竟然不知不觉陷大瑶山于不义了。本来在世间人眼里，大瑶山就是蛮夷化外之地，一对年轻人初次深入便成了牺牲品，这更加深了大家的看法，瑶山谁还敢去。如果他们夫妻的灾难让瑶山跟着蒙上阴影，他们，特别是王知微所做出的牺牲岂不是白费了。

杜孝和在床上躺不下去了，他要求护士给他一张小桌子，恰好可以安放在他的床上，他半斜躺着的时候也可以在上面写字。那一沓沓由他和王知微收集来的资料，经过归类结论，变成一份细致翔实的调查报告。虽然有些数字没有收集完整，但并不妨碍这份报告的实用性。

半年后，他们的书出版了。在书的扉页上有一行字：纪念我的妻子王知微。

这本书一经面世便引起巨大的轰动，成为当时中国社会学基础研究的范本。大瑶山也以最原始的状态向世人展露出来。

书出版的时候杜孝和已经回到北京，他行路仍然不方便，需拄着拐杖。他把两本书寄到广西，嘱咐一定转到大瑶山王巷乡王巷村，交到蓝美凤手里。

一年后蓝美凤才收到书，她知道有一本书是给她的，另一本是要交给王知微的。她把书带到王知微坟前焚了。她说，姐，这书上太多的字我不认得，不过，你以前教过我的，我都记得，不懂的我会找人问，不知道哪天我这个笨人才能把那本《唐诗三百首》全部读完哦，不过，我总会读完的。

在国外导师的催促下，仍然拄着拐杖的杜孝和登上去英国的飞机，开始他为期三年的研究学习。坐在飞机上，他思绪翻滚如涛，禁不住地想起大瑶山，在他的脑海里，云雾缭绕的圣堂山下，站着一个人，那是他的爱妻，她在花丛中翩若仙子。他默念着，安息，我的爱人。深爱的人永远地睡着了，他的心始终失魂一般落不到实处，有时候，他得把手放到心口，以此来确定那颗心还在他的胸口跳动。他的苦楚无法言说，他时常陷入梦魇之中，一次次大汗淋漓地醒来，在人间与地狱之间来回游荡。所以，他这次的出国学习也是一种逃避，到一个遥远的国度，一个陌生的地界，让全新的一切来覆盖他，淹没他。

杜孝和一到英国便全身心投入学习，他的刻苦让导师啧啧赞叹，他从来不敢让自己有稍微的松懈，确实，也只有埋头于课本之时，他解脱了。有时，他也会走走神，漫步在伦敦河畔，他呼唤王知微来伴在他的身畔，而水中的倒影，却只有一人。

当年在大瑶山拍的许多照片被洗出来了。每一张杜孝和都看了无数遍，他清楚地记得拍下每一张照片时的情形，他一闭上眼睛，那照片上的山山水水，每一棵树，每一个人都会来到他的面前，连那些气味都会包裹着他。后来他将照片放在大皮箱最底层，只有在某些特殊的日子，他才将自己投身于这些景象，让自己回到过去。

每年杜孝和都有书信寄往王巷村，收信人是蓝美凤。可由于多年的战乱，真正送到蓝美凤手中的信件并不多，有时今年收到的是去年就寄出来的信。蓝美凤收到信总是一点不耽搁地往王知微的坟头上走。到了那里，她开始给王知微念信，总还有些字认不得，她便很难为情地向王知微道歉，把信上那字指给王知微看，然后跳过去继续往下念。她说，姐，我是让你听听，我又认识了不少字呢，不过，还是差得很，等我念完，你再自己看。念完信，蓝美凤用火柴把信纸点着，信纸化如蝶翼般的灰烬。她捧起坟上的土，把灰烬盖起来。

蓝美凤有一天收到了两张照片，她在照片上踏动碓马，她的脸上有阳光，她的身后是连绵的大山。她的眼泪模糊了视线，她回到了那个时刻。

那一天清晨，村子刚刚苏醒，空气微凉，她用簸箕装了几碗谷子，她把米放进碓口。她轻快地踏着碓马。在她的面前，有一个身材修长的男子，他有着亲切的笑容，他举起一只匣子，对她说，笑，笑，笑……

参加修路的人越来越多，除了瑶族人，壮族汉族人也有。赵山河把原先租给农户的田地契约拿出来，宣布只要出工出力够一定时间的，能免租金，有的甚至可以得到田地。赵山河还把一些田地和山场卖掉，除了采购修路工具物资，更多的是给外来修路的人补助钱粮。

炸药在当时的环境下是受管制的稀缺物资，之前杜孝和前往县政府求助此工程，政府配给了一些炸药，但量远远不够，赵山河还是自己掏腰包花了不少钱才搞到一些。

赵果敢本人也参加到修路的队伍当中。手上的铁锤敲打在坚硬的石头上，火星四溅，每一次发力都有开天辟地的感觉，慢慢地，他对这项工作产生了一种迷恋，修路已经成了他生活的一部分，如吃饭睡觉一般平常。三年多的时间慢慢流逝，这路一寸一寸在往前拓宽延伸。赵果敢太熟悉这路上的一切事物，路边的每一块石头，每一棵树，每一根草都像他的老朋友，它们每天和他一起把目光投向前方，粉尘弥漫处又是即将被征服的道路。

这路真是万般难修啊，悬崖开凿经常十天半月前进未足一米。修路人无一不脸色糙黑手生厚茧。赵果敢抡锤子抡多了，手臂壮了，饭量大了，连喊声都因为经常喊号子敲石头而变得粗犷宽阔。

赵山河很满意这样形象的孙儿，他说，只有这样才像瑶王的后代。

修路的这些年，蓝美凤偶尔也会到施工的现场，给大家带来吃食和酒水。赵果敢没有特意凑上前去，他远远地看着她，现在他多少有些明白这个姑娘的心事了，她并没有如他想象的那样爱着他，否则就不会一拖再拖，但他也不想逼迫她了，他愿意给她一个距离与空间。

终于有一日，所有修路的铁锤、铁锹全收起来了，四下没有了平日敲打、喊号的声音。路修到头了，收工了。

附近四乡八里的村民全来了，在鞭炮炸响声中，赵果敢扬鞭策马，一路狂奔在这条新路上。马背上，他的鼻子泛酸了，这么平直的路真是他领着众人修出来的吗？上千个日子他真的就这么踏过来了？他有点不敢置信却又骄傲万分。

他放开嗓子在山野中喊起了平时修路的号子，来哩，砸哩——来哩，起哩——

马飞奔着，风从他耳边过，声音在山谷中回荡，他想起了杜孝和。赵果敢驻马立定，他面对圣堂山心里默默地为先生祈祷。他说，杜先生，路修好了，我跟你的约定也算是兑现了，你没能来剪彩，但我还是要感谢你，没有你，不会有这条路，没有你，我不会有今天的骄傲。等你下次到瑶山来，我让你骑着马进村！

赵果敢在人群中看到美凤了，美凤拉着权芳根在山路上跑动，她的脸上如阳光一样灿烂，想来是和他一样的喜悦。他清楚地记得当初他和她的约定，路修通，她便嫁与他。他冲动地策马奔向她，远远地却听到蓝美凤在大声喊着，杜先生，阿敢把路修好了，你高兴吗，他兑现和你的约了！

赵果敢听那声音，饱含着一种他从来未曾体味过的情感，他突然悟到，她的喜悦是另一种喜悦，她的心其实挂着另一个人。赵果敢勒马驻足，他有些慌乱，过了一会儿他平静下来了，也许真要感谢这几年的修路生活，他的轻狂、浮躁基本上和那些山石一块打掉了。当这条路呈现在众人面前之时，赵果敢的心里也开了一条路。

赵果敢策马朝着另外一个方向飞驰，叫着修路的号子，来哩，砸哩——来哩，起哩——

大瑶山就是一个屏障，在这里边生活的百姓生活尽管清苦，但相对太平，而此时山外的祖国四处硝烟。战争有时候并不遥远。1939 年 7 月，日军分几路进攻广西，赵果敢的哥哥赵荣保在梧州被日军的炸弹炸死了。那一天日军 18 架飞机偷袭梧州，炸毁房屋 600 余间，死伤居民 800 多人，赵保初便是这 800 多人中的一人。

噩耗传来，赵家上下哭声一片。赵果敢亲自前往梧州，将哥哥的尸体运回下古陈村。一路上，赵果敢看到的都是战乱的废墟，四处奔逃的百姓，一个潜伏已久的念头涌上他的心头，他记起多年前曾经和杜先生在温暖的火塘边讨论瑶人的勇敢，他说过，他是要当将军的……

看到赵荣保的遗体，赵山河心痛得病倒了。

赵果敢在火塘边沉思了一夜，第二天清晨他跪在阿公床前说，阿公，果敢不孝，果敢要投军去。

赵山河沉默片刻，从床上翻身而起，挥挥手说，走！到哪都要记住你是瑶王的孙子，别给阿公丢人！

赵果敢骑着马来王巷村向蓝美凤告别。现在的阿敢留了胡子，过去清秀脸庞变成了黑脸膛，健硕的身子骑在马上自在沉稳。在蓝美凤眼里，阿敢是个男人了。

蓝美凤见到赵果敢心里有些紧张，因为她早该兑现她的承诺，路修通了，她要嫁给他。她现在已经二十出头，一个瑶家的老姑娘了。

赵果敢说，美凤，刚才我从下古陈村一路骑马过来，只用了不到三个时辰呢，你要不要我带你骑马去看看。

蓝美凤说，好的。

他把她扶到马背上，他牵着马走。

他们走走停停，似乎路上的一切都是新鲜的，从来没有看到过的风景。

赵果敢一边走一边跟美凤讲他修路的趣事，他说，这里的每棵树每块石头我都认识，你看我跟它们打招呼呢。

蓝美凤能感受到从赵果敢心里生发出来的快乐，受他感染，她也轻快起来。她说，阿敢，我想跑一段，不用你牵马。

赵果敢笑着松开缰绳说，好的，你自己来。

蓝美凤策马往前跑了一段，风儿拂面，好不清凉，她转过身对赵果敢喊，骑马不难呀。她扭转马头，又朝赵果敢奔回来，这次马儿撒了欢地跑，蓝美凤突然一下子控制不了平衡，身子在马上晃来晃去，眼见马上就要摔下来了。

赵果敢赶紧奔上前，拉住马，把惊魂未定的蓝美凤抱下来。美人躺在怀中，赵果敢心乱了，压抑许久的情思铺天盖地，他急促地说，美凤，嫁给我。

她挣脱他的怀抱，站稳了脚跟，她不看他的眼睛，她的目光看得很远，她说，你已经把路修好了，我会兑现我的承诺。

这般生硬的话语让赵果敢一下从刚才的迷乱中醒来。他说，这路开通剪彩那天我才知道，我修这条路是为了一个承诺，对杜先生的承诺，对瑶家人的承诺，却不是为了娶你而许下的承诺，我这样说，美凤，你会不会不高兴？

蓝美凤有些惊讶，说，当然不会，我和所有的瑶家人都感谢你为大家做了这么多。

赵果敢说，美凤，我知道你从来没有真正想嫁给我，我还不是你心中最想嫁的男人，真对不住你，让你失望了。

说出这番话的赵果敢让蓝美凤再一次惊讶了，她说，不，果敢你已经够出色了，你本来可以找到比我更好的妹子。

赵果敢摇摇头笑了，你知道吗？外头现在到处打仗，日本鬼子的炮已经炸到梧州、柳州，听说往下就该是南宁、桂林了，我已经决定投军去了。

蓝美凤的心哆嗦了一下，她说，阿敢，打仗是要死人的，你别去，我嫁你，我们好好过日子。她紧张地拉着他的衣角。

他摸摸她的脸蛋，笑了笑，美凤，谢谢你这么怕我死，不过我已经决定走了，如果杜先生在，我会告诉他，瑶家几百年后又要出一个将军了。妹子，你阿敢哥是要当将军的。

赵果敢大声唱起山歌：

这边望见那山高，望见那山有仙桃，正好仙桃不得吃，手攀不到空往劳。这边望见那山低，望见那山有栗子，正好栗子不得吃，可惜落地踏成泥。这山望见那山低，望见那山好荔枝，正好荔枝哥不想，只想同妹耍一时……

马儿驮着赵果敢越跑越远，泪水模糊了蓝美凤的眼睛。她遥望圣堂山，似乎看到了那棵伞盖一般的平安树，她合起手掌默默祷告，平安树啊平安树，能不能让美凤再贪心一回，美凤没有嫁给这个男人，但美凤希望他平平安安。

赵果敢1940年到柳州投军，后来被编入国民革命第31军170师，驻军桂林。1944年10月日军第二次攻占桂林，赵果敢是守军之一，当时的赵果敢已经当上了连长。那一天，城里的老百姓和大部分军队都撤走了，剩下的正规部队及地方民团士兵都抱着必死的决心来守卫桂林。当时的日军有15万之众，而守城士兵统共不到两万。

赵果敢负责的是市中心王城一带的巷战。他已经不记得带领手下打败了日军多少次进攻。每次日军打到王城附近，都死伤惨重不得不撤退。他们将这一带的所有房子都变成了碉堡，街道中也埋了一颗颗地雷。日军有坦克登陆艇，他们只有手中的长枪。

一枚枚炮弹落在民房上，赵果敢看到有人被炸飞到半空中，有的人失去下肢躺在地上痛苦地挣扎，那么多的血早已将他的眼睛染红，放眼望去，四下断壁残垣，这曾经是个多么美丽的城市，和他的下古陈村一样美，和他的圣堂山一样美。他知道他曾经畅游的漓江也已经被血染红，他的战友身上绑着炸药包手榴弹，划着竹排，就那么义无反顾地冲向那些挂着膏药旗的登陆艇……

身边的士兵一个个倒下，赵果敢已经两天没有合过眼了，他很累，但他不能睡，枪在他的手上。他坚守在城门一角。一队日本军从巷子那边包抄过来，队伍的后部分还拖了两门大炮。他知道不能等了，等炮布好，他身后的王城就要遭殃了。他转身对身后不到十个人的士兵说，今天我们可能就在这英勇了，大家怕不怕？一张张疲惫脏污的脸上浮出淡然的笑容，他们都轻轻地摇了摇头。他说，我赵果敢先走一步，大家掩护！

赵果敢和所有的敢死队员一样，身上捆了炸药包和手榴弹。他从天而降，直奔大炮。日本兵反应过来，支起枪对准他。赵果敢躲过了好几枪，同时，也有好几枪打到他的胸口、大腿上。他并没有感到太痛苦，他以在瑶山上练出来的敏捷身手迂回前行，当他抱住那门大炮引爆的时候，他亲耳听到打雷一般轰炸的声音，他飞起来了，飘了很久，他看到高高的圣堂山，山脚下有一个美丽的姑娘，姑娘背着一个竹篓往山上走，他叫着她的名字，叫了很多声，她才听到，她回过头来，可惜这时他已经看不清她的长相……

赵果敢卒于二十八岁。

蓝君行在白崖槽剿匪之后，名声大震，当了一段时间治安团副团长兼民团团长，后来被请到省城接受李宗仁亲自表彰。李宗仁奖励了一百多条枪给民团，鼓励蓝君行扩大队伍。蓝君行带领的民团有一次被治安团派出参加镇压当地瑶民抗税之事，治安团打死了好几个瑶民。在蓝君行看来，他的枪是拿来打土匪的，不是打瑶胞的，那次行动他没有配合，因此遭到上级的训斥。蓝君行当即撂枪辞职返回王巷村。后来无论政府如何派人来当说客，蓝君行都没有再出山。

那年正月十五的祭祖不久，蓝君行把家中那张老虎皮卖了，替权芳根还了债。过了两年，权芳根在二十岁那年重新做了一回新娘嫁到蓝家。

新婚夜，权芳根说，阿行哥，我欠你的太多了，老虎皮是家里宝贝，这么多年你都没有舍得卖。

蓝君行说，以前我会当它是宝贝，现在阿行知道什么叫身外之物了，没有一样东西比人重要。债还完了，你心里轻松了，给我当老婆也就当得开心，你开心阿行也才能开心啊。

听这话，权芳根靠到阿行的怀里说，我一定会好好给你当老婆的，也当好扶民他们的妈。

蓝君行呵呵笑了，这样我就可以每天高高兴兴上山打猎了，不就一只老虎吗，难道比扛枪的土匪头子还厉害？改天我上山再打一只回来让你瞧瞧。

权芳根说，扶民现在枪法不错了，可以做你的帮手了。

蓝君行说，是啊，等我和扶民打一只老虎回来，皮子再挂到屋里头，以后等我有了孙子，又可以跟他说这是阿公打过的老虎啰。

床头两支红烛火苗欢快地跳动，一屋子全罩在跳跃的光晕中。

如今蓝石林在化瑶小学上了三年学，后来被北平一位画家辗转托人将他带走，这位画家据说就是杜孝和以前的老师，看到杜孝和转来的蓝石林的画作，产生了培养一个小天才的浓厚兴趣。蓝石林到国立北平艺术专科学校学习多年，而后转学建筑，多年后再出国深造。

蓝石林是一位寿者，他在海外漂泊多年，暮年回到广西。他在家乡也就是今天的金秀一带出资兴建了一座瑶寨风情园。风情园取址于一些已经破落或早已无人居住的瑶寨，蓝石林一间屋子一间屋子地将一个瑶寨还原，这风情园堪称瑶家的活态博物馆，里边有瑶家的祖庙、广场、门楼、住家、畜栏、禾仓，还有他请回来居住的瑶胞。他说，这才是我记忆中的瑶寨。

村子里似乎没有变化的只有蓝美凤，她拒绝了所有的提亲人，直至再没有人上门提亲。而她的生活却是忙碌的，每天她都有病人，她的名气早已经传出山外。山外经常有人不辞劳苦上门求医，那些“再世华佗”“妙手回春”的锦旗在屋间堆了一堆。没有病人的时候她就上山采药。家里家外堆的都是草药，每天翻晒、炮制，浸没在这些植物里，蓝美凤觉得自己也变成了一棵草药。她喜欢这种气息，她的身体也在这种气息中滋养，让她年逾古稀没有一丝白发，让那张生出皱纹的脸始终光洁如玉。

那本《唐诗三百首》蓝美凤早已读得烂熟，书本被她用布包裹收藏在箱子里，她偶尔翻出来晒晒太阳，读上一段。其实，好些诗句会不经意地从她口中吐出，当她看到一丛美丽的花儿，当她躺在林间的绿草地休憩之时，当她眺望远山坐看日落之时，应景的诗句会跳出来被她吟诵，像风儿吹动她的发丝那样自然无痕。这个时候她已经能体会诗之韵味，她时常想，如果杜先生此时来到她的跟前，她会诵上一首王维的《归嵩山作》：清川带长薄，车马去闲闲。流水如有意，暮禽相与还。荒城临古渡，落日满秋山。迢递嵩高下，归来且闭关。或是一首张九龄的《感遇》：兰叶春葳蕤，桂华秋皎洁。欣欣此生意，自尔为佳节。谁知林栖者，闻风坐相悦。草木有本心，何求美人折？

有一天蓝美凤在晒台上翻开书本，读了一首《桃花溪》。蓝君行和权芳根的孙子蓝水赞也在晒台上玩耍，他问蓝美凤，姑婆，你这本书好旧的样子，你还没读完啊？

蓝美凤说，读完了，好不容易读完了。

蓝水赞说，你可以教我读吗？

蓝美凤说，当然可以，姑婆还可以教你写这书上的每一个字。

蓝水赞说，太多字了，难哦。

蓝美凤说，不难，阿赞从今天开始每天就写一个字，不贪多，只写一个字，慢慢地，你全都会了……

那天，是一个特别晴朗的天气，天上没有云，天蓝得很深，圣堂山放眼望去从来没有如此清晰地呈现在蓝美凤眼里。蓝美凤的心动了动，她收拾收拾，带了香火纸钱来到王知微的坟前。她将香火点上，烧了纸钱。她坐在坟前说，知微姐啊，我就要陪你去了，以后给我们烧纸的就是阿赞了。这娃是个孝顺的孩子，我带他来看过你的。

很快地，在王知微坟头的对面多了一座坟，它是属于蓝美凤的，它们面对面，永远看着对方。

杜孝和在国外待了五年，他回国不久便着手准备南下，重回大瑶山。战乱纷纷，一次次阻碍了他南下的行程。

大瑶山是杜孝和做社会调查的第一站，他在江西开始了第二站，在安徽开始了第三站……每一站，他都深入到农村，到农民中间，写出一本本资料翔实的调查研究报告。他的研究报告不仅成为当时中国推进农村经济发展一个重要的参考，而且在国外也引起极大轰动，他的研究方法得到了国际学者的推崇和借鉴。

几年后，杜孝和再婚，生了一个女儿，他与妻子说，我的前妻王知微为救我而丧命大瑶山，咱们的孩子可不可以取个纪念她的名字？他的新妻是个温婉的女子，欣然接受女儿的名字——杜忆微。

杜忆微还是个小女孩的时候，就知道有个地方叫大瑶山，还知道那里有一座圣堂山。父亲有一大沓老照片，照片上的风景很美，照片上的人穿着她没有见过的服饰，这些照片总能让她的思绪飞到另外一个世界。

父亲告诉她，大瑶山是一个神奇的地方，有个叫阿行的人，与父亲打了老同，他是个神枪手，打猎打鸟很厉害，还打过老虎，阿行最得意的事情还是一夜灭了白崖槽的土匪窝。有个人叫阿敢，他做了一件大瑶山从来没有人做过的事情，劈山修路，阿敢还实现了自己的心愿，卫国杀敌，做了一回“将军”。有个姑娘叫美凤，人很聪明漂亮，认得许许多多的草药，能替人治病，爸爸和知微妈妈还答应过她，如果她能读完《唐诗三百首》就带她到北平看一看……

杜忆微问，爸爸，你猜美凤阿姨读完那本书了吗？

杜孝和说，当然，她是一个守诺的姑娘，瑶山人许下一个诺，除非人不在了，否则必然践约。你阿行叔叔，果敢叔叔都是这样的人。

杜忆微问，爸爸如果回不去大瑶山，是不是失约美凤阿姨了？

杜孝和抚着杜忆微的头发说，是啊，爸爸不知道今生还能不能了却这个心愿？在那大瑶山，爸爸负了太多的约……

当夜，杜忆微看到父亲书房的灯亮了一夜。早晨，她推开门进去，书桌上放着一首新写的诗：

心殇难复愈，人天隔几许；
圣堂山下盟，多经暴风雨。
坎坷羊肠道，虎豹何所沮；
九州将历往遍，肺腑赤心驱。

花开花落，天若有情天亦老。

五月是圣堂山最美的季节，山上山下，都是杜鹃花海。

杜忆微终于来到这个被她想象过无数遍的大瑶山。是的，很熟悉，很熟悉，这山、这树、这路、这小村落，和父亲说的一样。

杜忆微手中捧着一只骨灰瓶，父亲弥留之际，嘱咐她，他死后，骨灰分成两份，一份留在家里，而另一份让她带到大瑶山，与她的知微妈妈合葬。

蓝水赞带着几个年轻人，把杜孝和的坟与王知微的坟修到一块。

杜忆微问蓝水赞，阿行叔叔是你阿公？

蓝水赞说，是的。

杜忆微从衣服里掏出一条项链，坠子是一块血红的石头。她说，这块石头还是你阿公送我爸爸的。

蓝水赞穿着干净的衬衫，上衣口袋里边插了支钢笔，他把笔拔下来说，这支笔是杜先生送阿公的，阿公后来给我了，这笔很好用，我用了好多年，越用越顺手。

杜忆微坐在她王妈妈的坟前。这里修得像一座花园，坟前坟后都开满了花儿。蓝水赞告诉她，好些花是美凤姑婆从山上移种下来的，姑婆以前几乎每天都到这里来。

杜忆微说，你姑婆真是一个有心人。

蓝水赞说，是啊，姑婆跟我说，她答应过杜先生，要照顾好王先生的。

杜忆微说，我一定得好好感谢你的姑婆。

蓝水赞又指着对面的一座坟说，那是姑婆的坟。

杜忆微来到蓝美凤的坟前，她抚着那块简陋的墓碑说，美凤姨，对不起，我来晚了，爸爸说，如果我能见到您，一定带您上北平看一看，本来我以为我可以替爸爸履行这个约的，想不到还是晚了，对不起！

圣堂山下三座坟，面对面，说着只有大山才能听懂的话，那话语也在风中流传，有心人，能听得到。